하티를 만난다면

하티를 만난다면

강 진

소설집

차 례

래트

1

래트 한 마리가 사라진 것은 열흘 전이다. 처음 이 말을 엠이 꺼냈을 때, 나는 케이에게 래트의 두개골에서 뇌를 손상시키지 않고 꺼내는 방법을 보여주고 있었다. 해부 가위 끝을 두개골과 뇌 사이의 좁은 틈으로 밀어 넣었다. 파르르, 뇌가 미세하게 요동치는 게 마이크로 해부용 가위 끝으로 전해졌다. 흰 털의 알비노종 래트는 손아귀 안에서 축 늘어져 있었다. 붉은 눈만 감은 듯 뜬 듯 가끔 움직일 뿐이었다. 왼손으로 수염이 있는 여기를 꽉 잡아. 잡아보면 알겠지만 감촉은 별로야. 마지막 저항을 수염으로 하는지 바늘처럼 빳빳하다니까.

시신경 다발을 가위로 자르려 할 때, 다시 엠의 목소리가 들렸다. 아무리 찾아도 래트 한 마리가 보이지 않아요.

다시 잘 찾아봐. 다른 놈들이랑 섞어놨는지 옆 케이지도 보고.

복잡하게 늘어져 있는 시신경 다발을 잘 제거해야 온전한 실험용 뇌를 얻을 수 있었다. 잘 보이지 않는 가위 끝을 보기 위해 케이가 고개를 길게 뺐다.

다른 케이지는 이미 확인했죠. 케이지에 없는 건 확실해요.

내 옆에 서서 엠은 조금 전보다 더 작은 목소리로 말했다. 시신경 다발을 자르고 있는 것을 보고 저절로 목소리가 낮아진 것 같았다. 그제야 나는 허리를 펴고 엠과 눈을 마주쳤다. 쥐새끼가 어딜 갔겠어. 실험실 안에 있겠지. 마우스면 모를까 래트는 그 덩치를 숨기기엔 너무 크지 않아? 이것 끝나면 내가 찾아볼 테니까 기다려.

나는 침을 한 번 삼키고 조심스럽게 이제 막 두개골에서 분리된 뇌를 들어올려 실험대 위에 올려놓았다. 신선한 뇌가 실험대 위에 올려지면 나도 모르게 흥분됐다.

이게 5주령 된 래트의 뇌야. 어때?

생각보다 예쁜데요.

신기한 듯 케이는 실험대 위에 놓인 뇌를 이리저리 굴렸다. 뇌는 아직 살아 있었다. 몸에서 분리된 뇌를 살아 있다고 표현하면 이상한 말이겠지만 뇌는 분명 살아 있었다.

피 제거하고 튜브에 넣는 건 할 수 있지?

고무장갑을 벗으며 케이에게 말했다. 실험대 위에 눈을 고정시킨 채 케이는 고개를 끄덕였다.

그 후 몇 시간 동안 래트 한 마리가 사라졌다는 것을 까맣게 잊어버렸다. 며칠 후, '뇌과학과 예술'이라는 주제로 열릴 심포지엄 준비로 바빴다. 발표 자료를 교정해서 빨리 보내야 했다.

엠이 실험일지를 어떻게 기록해야 할지 물었을 때, 래트가 사라졌다 게 다시 생각났다. 그리고 사라진 래트가 케이지에 보관되어 있는 놈이 아니라 아니소마이신을 투약한 래트라는 것도 알았다. 제약회사에서 의뢰받은 프로젝트 실험 대상 래트였다.

34번, 이라고 왜 말 안 했지?

말하려고 했는데……

아니소마이신을 투약한 래트가 없어졌다는 말은 듣는 순간부터 머리가 갑자기 복잡해졌다. 이것은 단순히 실험용 쥐 한 마리가 사라진 것과는 다른 얘기였다.

케이지는 확인했고?

네, 이어 태그도, 번호도, 몇 번 확인했습니다.

실험이 시작된 래트에게는 귀에 구멍을 뚫어 꼬리표를 달아놓았다. 세 마리만 따로 관리했기 때문에 다른 래트와 섞였을 리가 없었다.

어디 처박혀 있겠지. 소파 아래랑 실험 기자재 뒤도 찾아봐.

밖이 깜깜해지도록 우리는 실험실을 뒤졌다. 진동테이블, 증류수통, 시약장, 수술대까지 움직였다. 심지어 래트가 들어갈 수 있을 것 같지 않은 곳, 이를테면 책꽂이와 벽의 틈까지 확인했다. 덩치가 15센티나 되는데 이런 구석에 처박혔을 리는 없잖아. 그렇게 말하면서도 책을 모두 바닥으로 내리고 책꽂이를 앞으로 끌어당겼다. 래트는 없었다. 나는 엠과 케이를 먼저 퇴근시켰다. 실험실에서 일어난 일은 모두 선임 연구자인 내 책임이었다. 물론 지도교수가 있었지만 서류상의 일만 처리했다.

사라진 래트는 아니소마이신을 20일 전부터 투여한 세 마리 중 한 놈이었다. 기억이 저장되는 과정에서 단백질 합성이 필수적인데 아니소마이신은 합성을 방해하는 물질이었다. 아니소마이신의 투여량과 단백질 합성 억제를 확인하는 프로젝트를 제약회사로부터 의뢰받았다. 실험에 사용된 세 마리에겐 각각 다른 양의 아니소마이신이 투입되었다. 그중 사라진 34번은 가장 많은 아니소마이신을 투여받은 래트였다. 케이지에 보관 중인 래트도 아니고 실험 중인 녀석의 분실은 간단한 일은 아니었다. 자칫하다간 두 달여 동안의 실험 데이터가 물거품이 될 수도 있었다. 일단 실험일지에는 아무것도 기록하지 않았다. 녀석을 찾을 수 있으리라는 기대 때문이었다.

실험실 문을 닫고 보안 카드를 대고 확인 버튼을 눌렀을 때, 메시지 도착음이 들렸다.

'Aurora at Yellowknife.'

여자로부터 온 오로라 사진들이었다. 검은 지평선 위로 초록 커튼처럼 오로라가 드리워져 있었다. 오로라를 배경으로 두 팔을 높이 올리고 서 있는 그녀는 너무 작아서 지평선에 걸려 있는 검은 점처럼 보였다. 아마 두 팔을 높이 들고 있지 않았다면 사진 속 그녀를 찾지 못했을 것이다. 사진을 확대해 보았지만 얼굴이 흐릿해서 표정을 확인할 수 없었다. 눈 덮인 들판 위에 작은 텐트들이 나란히 불을 밝히고 있는 사진도 있었다. '저건 티피라는 거야. 저 안에 작은 난로와 따뜻한 차가 있어. 거기서 기다리다가 오로라가 나타나면 밖으로 나가지.' 사진 아래 적힌 메모였다.

실험실 복도를 걸어가며 여자에게 메시지를 보냈다. 실험 중인 래트 한 마리가 실종됐어. 아니소마이신을 투입한. 기억을 사라지게 하는 약물.

2

다음날, 엠과 케이가 실험실에 나와 있었다. 실험 기계들과 가구들을 이리저리 옮겨 다시 래트를 찾아본 모양이었다. 냉장고까지 움직여봤는지 약간 비스듬하게 놓여 있었다.

없어?

……

알았어. 각자 바쁠 테니 일단 점심 먹으면서 다시 얘기하자.

나는 덮어놓았던 심포지엄 원고를 불러내 마지막 교정을 봤다. 눈은 모니터를 향하고 있었는데 집중이 되지 않았다. 어디선가 찍찍거리는 소리가 들리는 것 같았다. 나는 의자에서 일어나 케이지 앞으로 갔다. 3층으로 배열된 열두 개의 케이지에는 실험용 쥐, 래트가 각각 세 마리씩 들어 있었다. 모두 털이 희고, 눈이 빨간 알비노종이었다.

32번 래트는 케이지에 둘러놓은 부직포를 신경질적으로 쏠고 있었고, 33번은 반쯤 배를 보인 자세로 비스듬히 누워 있었다. 34번은 가장 왼쪽에 놓인 파란 리본 케이지에 들어 있었다. 실험 중인 래트들이 들어 있는 케이지는 각 실험마다 다른 색깔의 천을 매달아두었다. 다른 래트들과 섞이는 것을 방지하기 위해서였다. 나는 래트 귀에 붙은 번호표를 일일이 살폈다. 이미 몇 번이고 엠과 케이가 확인했을 것이다. 역시

34번은 없었다.

엠이 빨간 리본이 달린 케이지에서 래트 한 마리를 꺼내 실험대 위로 가져갔다. 그는 감정에 반응하는 물질에 관심이 많았고, 논문 방향도 그런 쪽으로 잡고 있었다. 자연식품에서 추출한 물질들을 혈관에 직접 주사하고 뇌 혈류 변화를 관찰하고 기록했다. 그는 일 년 가까이 거의 매일 래트를 이용한 실험을 하고 있었다. 살아 있는 래트에서 뇌를 추출하는 일은 우리 실험실에서 엠이 최고였다. 정확한 위치를 절개했고, 피 한 방울 흘리지 않고 뇌를 추출해냈다. 심지어 그는 스테인리스 해부 실험대 위에 놓인 래트와 눈을 마주하면서 뇌를 추출할 수 있다고 떠벌리기까지 했다. 그렇게 눈을 마주보면 죽일 때 힘들지 않아? 엠에게 그렇게 물은 적이 있다. 그래서 될 수 있으면 눈을 보지 않으려고 해. 희생이라는 말 안에 숭고하다는 의미가 포함되어 있다는 걸 실험실에 와서 알았어. 실험이 끝나면 래트를 고농도의 이탄화탄소로 안락사시켰다. 우리는 그것을 '희생시킨다'라고 표현했다. 안락사였지만 결코 안락한 죽음은 아니었다. 이산화탄소 안에 들어가면 래트는 처음엔 사지를 뒤틀다가 숨이 끊어지기 직전에는 심한 경련을 일으켰다. 그 과정에서 엄청난 양의 스트레스 호르몬이 분비되는 것을 뇌혈류 분석기로 본 적이 있다. 이 세상에 안락한 죽음이란 없을지도 모른다.

이 손으로 동물들을 이렇게 많이 죽이게 될 줄은 생각지도 못했어요. 어느 날, 술자리에서 케이가 엠에게 그렇게 말한 적이 있었다. 케이가 들어오고 세 명이 처음 가진 술자리였다. 그 말을 들은 엠은 좀 경멸스런 눈으로 케이를 바라봤다. 지금까지보다 앞으로 더 악랄한 짓을 하게 될 텐데 이쯤에서 연구실 일이 적성에 맞는지 잘 생각해봐. 지금까지의 살생은 얼마 안 되니까 용서를 빌면 염라대왕이 봐줄지 누가 알아. 엠이 케이의 말을 예민하게 받으면서 갑자기 분위기가 험악해졌다. 케이는 이제 막 연구실 생활을 시작했고 엠은 거의 매일 래트 한 마리씩 죽이는 실험을 하고 있었다. 자자, 좋은 호르몬 분비를 위해 술을 더 마시라고. 내가 술잔을 부딪치며 둘의 흥분을 가라앉혔다. 하지만 그날 이후 실험실 분위기가 묘하게 서걱거렸다.

당분간 교수님께는 말씀드리지 마. 내가 알아서 처리할 테니까.

케이지뿐만 아니라 실험실 안에도 34번 래트가 없는 걸 확인한 나는 엠과 케이에게 그렇게 지시했다. 그냥 래트가 한 마리 없어진 것은 어떻게든 처리할 수 있었다. 하지만 34번처럼 실험 중인 래트의 실종은 좀 복잡하다. 34번 래트를 관찰에서 제외하면 우선 지금까지 진행해온 실험 데이터가 의미가 없어질지도 몰랐다. 그렇다고, 제약회사의 계획이 있는데 처음부터 실험을 다시 할 수도 없었다. 무엇보다 그것이 실수든 아니든, 실험실의 규율이 흐트러졌다는 방증이기도 했다. 독극물이나 바이러스를 다뤄야 할 경우도 많은데 실험실에서의 규율은 무엇보다 중요했다.

어떻게 해야 할지 고민하고 있을 때, 다시 그녀로부터 메시지가 도착했다. 어제와는 다른 오로라 사진들이었다. 지평선과 하늘은 아주 밝은 빛의 띠로 나뉘어 있었고 허공은 온통 보랏빛 오로라였다.

티피 안에서 이 글을 쓰고 있어. 핫초코 한 잔 마시면서. 래트는 찾았어? 실험 중이었다면 정말 탈출이군. 여긴 완전히 다른 세상 같아. 지구가 아닌 곳. 태양 입자의 샤워를 받는 곳.

메시지를 읽고 다시 사진을 들여다보니 갑자기 그녀가 있는 곳이 지구 밖 다른 행성처럼 보였다. 아득했다. 태양 입자의 샤워라니.

녀석은 정말 이 실험실을 탈출한 것 같아. 어떻게 수습해야 할지 막막하네.

나는 답을 보냈다.

3

폴, 이라는 실험견이 있었다. 견종은 비글. '폴'이라는 이름은 여자가 붙여주었다. 그녀는 치과대학 소속 실험실 막내였다. 그곳에서는 주로 개를 실험동물로 사용했다. 성격이 온순한 비글종이 대부분이었다. 실험견들은 대략 열 마리씩 배달되었다. 실험실로 끌려가기 전까지 그들은 며칠, 혹은 몇 주 동안 케이지에 머물렀다. 몇 달이 되는 경우도 있었다. 그동안 그들을 돌봐주는 것은 막내 연구원 몫이었다.

여자는 대학에서 화학을 전공했다. 졸업을 앞두고 있었지만 취업이 막막했다. 치과대학에서 실험실 보조 연구원을 모집하는 공고를 본 것은 지난 가을이었다. 취업을 준비하는 동안 아르바이트를 한다고 생각하고 지원했다. 면접 때, 개를 좋아하느냐는 질문에 여자는 집에서 기르던 개 이야기를 짧게 늘어놨다. 엄마가 키우던 개가 있었다고. 면접관이 개들에게 먹을 것을 챙겨주는 것이 주요 업무라는 설명을 덧붙였을 때 그거라면 얼마든지 잘할 수 있다고 여자는 좀 높은 소리로 대답했다. 그때까지 치과대학과 개를 연결할 수 없었다. 그러나 출근한 첫날 개들에게 밥과 물을 챙겨주는 것보다 중요한 일이 있다는 걸 알았다. 그날 실험에 사용될 개를 골라 케이지에서 실험실까지 데리고 가는 일이었다. 그것은 어려운 일은 아니었지만 결코 쉬운 일도 아니었다.

개들은 대체로 유순했다. 여자는 케이지 안의 여러 개들 중 한 마리를 골라 머리를 몇 번 쓰다듬어주었다. 그러곤 목줄을 맸다. 저항하는 개는 없었다. 비글이 순하다고 하지만 고통이 따르는 실험을 앞둔 생명체가 그렇게 의연할 수 있을까 싶게 그들은 그녀의 말을 잘 들었다. 개들의 운명이, 케이지 안의 비글 중 어떤 개를 선택하느냐가 그녀 손에 달려 있었다.

실험견 공급업체로부터 개들이 들어오는 날이면 여자는 직접 한 마리씩 개들을 맞이했다. 걸음걸이를 살피고, 뒷다리 뼈를 만져보고, 입을 벌려 입안을 체크했다. 그러곤 그들에게 이름을 붙여주었다. 처음엔 생김새를 보고 이름을 지었다. 그러나 열 개의 이름을 한꺼번에 짓는 것은 여간 어려운 일이 아니라는 걸 알게 되었다. 인터넷에서 개 이름을 검색해서 리스트를 만들었다. 마흔 개의 이름을 골라 리스트를 만들어 책상 앞에 붙였다. 그러곤 순서대로 실험견들이 들어오면 이름을 붙여줬다. 어떤 이름은 딱 하루만 불리기도 했다. 케이지에 들어왔다가 다음날 바로 실험 대상이 된 경우였다. 간혹 어떤 이름은 좀 오래 불렸다. 이름을 오래 부르다 보면 그 개와 특별한 관계가 된 것 같아서 실험실까지 끌고 갈 때 마음이 더 무거웠다. 시간이 갈수록 여자만의 노하우가 생겼다. 케이지에 들어온 지 일주일쯤 된 개들을 끌고 가는 것이 여러모로 괜찮다는 걸 알게 되었다. 물론 계획대로 잘되진 않았다.

작성한 이름 리스트가 한 바퀴 다 돌면 다시 처음으로 되돌아갔다. 폴, 여기서 말하는 '폴'이라는 개는 정확히 '폴2'였다. 폴이라는 이름을 두번째로 부여받은. 여기서는 그냥 폴, 이라고 부르기로 한다. 이름은 같지만 그 개는 유일한 폴이었으므로.

실험견 폴을 어떻게 여자가 키우게 됐는지는 잘 모르겠다. 실험견은 실험이 끝나면 종종 입양되기도 하니까 간단한 절차를 거쳐 데려다 키웠을 것이다. 물론 키울 사람이 없으면 안락사시켰다. 실험 도중 죽는 경우도 많았다. 장기를 꺼내는 실험이거나 질병에 감염시켜 그 과정을 지켜봐야 하는 경우가 그랬다. 어차피 실험견이란 실험을 목적으로 길러진 개들이었다. 내가 여자에게 궁금한 것은 왜 하필 그 '폴'을 키우게 되었느냐는 것이었다.

폴을 집에 데려왔어.

실험실 소파에서 누운 채 여자가 그 말을 꺼냈다. 우리는 막 섹스를 끝내서 노곤한 상태였다.

폴? 폴이 누구야?

그게 실험견의 이름이란 건 짐작했지만 그 많은 실험견 중에 어떤 녀석인가를 나는 묻고 있었던 것이다.

폴이 폴이지 누구겠어. 비글종, 폴. 크리스마스 다음날 들어왔던 개들 중 한 마리야.

나른함 때문인지 여자의 말소리가 실험실 천장에 가 닿았다가 내게 떨어지는 것처럼 간극이 느껴졌다. 여자의 목소리는 좀 울먹인 듯 들렸다. 뒤에서 여자를 끌어안고 있던 나는 여자의 표정을 확인할 수 없었다.

너네 실험실엔 비글만 있잖아. 그런데 그 폴이란 놈은 다른 개랑 달라? 내 말은 특별히 귀엽거나 예쁘냐고?

아니, 다른 비글이랑 비슷하게 생겼어.

그런데, 왜?

……

내 말은, 왜 하필 그 폴을 데려올 생각을 했느냐고?

그녀가 몸을 돌리며 모르겠어, 잘 모르겠어, 라고 대답했다. 여자의 얼굴과 맞닿은 내 팔에서 물기가 느껴졌다. 뭐야, 우는 거야? 나는 그녀의 다른 말을 기다렸지만 더 이상 아무런 말이 없었다. 모포를 끌어올렸다. 케이지에 갇힌 래트들이 찍찍거렸다. 복도를 지나가는 누군가의 발소리가 났다. 그보다 더 멀리서 두런거리는 소리가 들렸다. 우리는 실험실 소파에 한동안 누워 있었다. 벽에 걸린 뇌 모형이 형광빛을 내며 어둠 속에서 빛났다. 모든 게 선명했다. 폴에 대한 이야기나 그녀의 머리칼에서 나는 냄새나 래트의 쏘는 소리까지. 그 선명함 때문인지 그날 밤 나는 처음으로 그녀를 사랑하고 있는지도 모른다고 생각했다.

4

이 건물에는 여러 가지 실험실이 들어와 있었다. 구조생물학 실험실, 해부학 실험실, 뇌영상분석 실험실, 미생물분자구조 연구실 같은. ㅁ자 모양의 건물 한가운데 작은 정원이 있는데, 그곳을 사람들은 '울루루'라고 불렀다. 오스트레일리아 중부 사막 한가운데 있는 거대한 바위, 흔히 사람들이 세상의 중심이라 부르는 곳, 거기서 따온 이름이었다. 사람들은 '울루루'에 모여 담배를 피우거나 커피를 마시며 잡담을 했다.

아침 10시쯤 여자는 개를 끌고 그 '울루루'를 지나가곤 했다. 실험동물실이 있는 오른쪽 모서리에서 나타나 왼쪽 대각선 끝으로 사라졌다. 나는 실험실 창가에서 그 광경을 내려다보곤 했다. 여자는 좀 빨리 걸었고, 뒤따르는 개는 느리게 걸었다. 대체로 그랬다. 그 때문에 여자와 개 사이의 줄은 늘 팽팽했다.

그날도 여자는 작은 정원, 울루루를 지나가고 있었다. 눈이 내렸다. 제법 굵은 눈송이였다. 앞서 걷는 여자와 뒤따르는 개, 둘 사이의 줄은 여느 날과 다름없이 긴장돼 있었다. 실험동물의 최후는 어떤 동물이건 비슷했다. 래트든 마우스든 비글이든. 마취시켜 해부하거나 약물을 주입했다. 종종 독극물 실험 같은 고통 등급이 아주 높은 실험도 있었다. 그렇게 실험이 끝나면 이산화탄소로 질식시켜 죽이고 소각하게 된다. 마취 실험에서 죽음으로 끝나는 건 그나마 다행이었다. 고통을 받지 않고 그대로 죽으니까. 그러나 약물의 반응을 살피는 실험은 될 수 있으면 오랫동안 살려두고 관찰을 해야 했다. 실험동물들에게는 그만큼 고통의 시간이 길었다. 여자의 뒤를 따르는 개는 자신의 운명을 알았던 걸까. 담배 재떨이로 쓰는 커다란 항아리 앞을 지날 때 여자 뒤를 따르던 개가 주저앉았다. 엉덩이를 땅에 붙인 채 일 미터쯤 끌려갔을까. 여자가 뒤돌아 개에게 다가가 뭐라고 말을 했다. 무슨 말을 하는지 5층 창문 안에 서 있는 내겐 들리지 않았다. 비글의 저항은 거세 보였다. 여자가 안으려고 팔을 뻗으면 날카로운 이빨을 드러냈다. 으르렁거리는 소리가 내게도 들릴 정도였다. 여자는 그 자리에 주저앉았다. 눈이 그녀의 머리카락을 뒤덮었다. 개도 눈에 덮여갔다. 얼마나 시간이 흘렀을까. 바로 앞도 분간하기 어려울 정도로 눈발은 더 굵어져 있었다. 울루루엔 아무도 없고 눈에 덮인 그녀와 그녀를 뒤따르던 개만 앉아 있었다. 흐릿해서 거기 뭔가가 있다는 것도 불분명해 보였다.

나는 잔에 남은 식은 커피를 마저 털어 넣으며 시선을 떼지 않고 내려다봤다. 그때 눈의 무게를 못 이겨 부러지던 나뭇가지 소리와 함께 기억 하나가 떠오른 것은 우연이었을까. 깊게 가라앉아 있던 기억이었다. 누구에게도 꺼내 보인 적이 없던 것이었다.

할머니와의 마지막 여행이었다. 할머니를 위한 여행이었다기보다 남은 가족들을 위한 것이었다. 세상에 따뜻한 존재가 있다면, 내겐 그 존재가 할머니였다. 늘 일에 쫓겼던 엄마 대신 할머니는 나를 키워줬다. 그런 정 때문인지 손자들 중 유독 나를 챙겼다. 그러던 할머니가 기억을 잃어가기 시작했고 돌아가시기 일 년 전부터는 가족 누구도 알아보지 못했다. 가끔 아버지를 따라 요양원에 갔지만 할머니의 손만 잡아주고 오는 것이 전부였다.

여행은 할머니가 학교를 다니던 정읍 시내를 한 바퀴 돌고, 어린 시절을 보냈던 마을과 그 근처 호수를 둘러보는 것으로 계획되었다. 요양원을 벗어나 정읍까지 내려가는데 눈이 내렸다. 예상했던 것보다 시간이 많이 걸렸다. 호수를 둘러보는 것은 길이 미끄러워 포기해야만 했다. 휠체어에 실려가던 할머니는 바깥 풍경에는 관심이 없었고, 배고프다는 말만 되풀이했다. 결국 예약한 펜션에 일찍 짐을 풀게 되었다.

그날 밤 폭설이 내렸다. 날카로운 소리에 잠이 깼다. 꿈속에서 들었던 것인지 현실의 소린지 분간할 수 없었다. 쩌억, 하는 소리가 다시 울렸을 때 그것이 눈의 무게를 이기지 못하고 나뭇가지가 부러지면서 내는 소리라는 걸 알았다. 몇 시쯤 됐을까. 창은 뿌옇게 서리가 끼어 있었다. 시간을 짐작하기 어려웠다. 가까이서 익숙한 숨소리가 들렸다. 할머니였다. 오랜만에 할머니 냄새도 맡아졌다. 나는 손을 뻗어 더듬더듬 할머니를 만졌다. 이마와 눈과 볼 그리고 코. 어느새 내 손은 귀를 찾고 있었다. 직장에서 돌아오지 않은 엄마를 기다리며 나는 할머니의 귓불을 만지며 잠들곤 했다. 손끝에 귓불이 잡혔다. 살짝 늘어졌고, 적당히 말랑말랑한. 할머니와 보낸 시간들이 몇 장의 슬라이드 필름처럼 지나갔다. 멀리서도 나뭇가지들이 부러지고 있었다. 눈의 무게를 버틸 수 없게 되면 나무들은 스스로 가지를 부러뜨려버린다. 기억에서 놓여나고 싶으면 저절로 망각의 숲으로 스스로 걸어 들어가는 것일까. 삶이 끝나면 기억도 사라져버리겠지. 할머니, 하고 나는 속으로 불렀다. 나를 지워버린 할머니를 생각하니 저절로 눈물이 났다. 그날, 나는 어릴 때 했던 것처럼 할머니 귓불을 만지작거리며 다시 잠이 들었다. 그 여행에서 돌아오고 정확히 일주일 후, 할머니는 돌아가셨다. 유언은 없었고 사탕을 찾은 것이 마지막 말이었다고 했다.

눈, 울루루, 비글, 머리카락, 다시 눈, 할머니, 전나무 숲,

뚝뚝 부러지던 나뭇가지들.

그 후 나는 종종 할머니와 보낸 그 밤을 떠올리곤 했다. 손끝에서 만져지던 할머니 귓불의 감촉과 나뭇가지 부러지던 소리들을. 개와 여자가 건물 쪽으로 걸어가기 시작했을 때, 둘은 이미 눈이 수북한 채였다. 나는 그녀 머리 위에 쌓인 눈들을 털어주고 싶었다. 계단을 뛰어 내려갔고, 건물로 막 들어서는 그녀를 불러 세웠다. 그러고는 아무렇지도 않게 그녀 어깨 위의 눈을, 나중엔 머리에 쌓인 눈까지 털어줬다. 여자는 아무 말 없이 그대로 서 있었다. 그녀에게 이끌려 온 비글도 복도에 저항 없이 서 있었다. 그녀와 나의 이야기는 이렇게 시작됐다.

5

숲 같아. 겨울 새벽의 숲.

모니터 속 대뇌피질의 단층구조를 보고 그녀가 말했다. 여자의 말처럼 그건 나무둥치와 잎이 다 떨어진 가지만 남은 나무로 가득한 숲처럼 보였다. 화면 전체를 흑백으로 바꿨다. 대뇌피질의 단층은 더 황량한 겨울 숲으로 변했다.

이러면 더 깊은 숲으로 들어가는 거 같지?

모니터 위 커서를 이리저리 움직여서 군데군데를 확대했다.

그러고 보니 뇌는 숲과 비슷하네. 많은 것들이 자라고, 숨겨져 있고, 한순간도 머물러 있지 않으니까. 아무리 잘 가꾼다고 해도 제멋대로 자라나는 것들이 있고, 골고루 햇볕을 받고 있는 것 같지만 습지가 있고, 거기 웅크리고 사는 생물들도 있고. 뇌도 통제되지 않고 또 통제할 수 없는 곳도 있거든.

무의식 같은 거?

말하자면.

엄마는 이런 황량한 숲을 헤매다 돌아가셨어.

여자는 혼잣말처럼 중얼거렸다. 엄마 이야기는 처음이었다. 서로 하고 싶은 이야기만 하기로 한 것, 궁금해도 서로에 대해서 묻지 않는 것. 이것이 그녀와 나 사이의 첫번째 약속이었다.

다음 화면은 조영제를 주입해 찍은 뇌혈관 사진이었다. 형광빛을 내는 혈관들은 바닷속 산호처럼 보였다.

이게 우리 머릿속에 있는 거야? 신기하네.

뇌를 연구하는 우리들은 그냥 뇌우주라고 불러. 우주가 딱딱한 바가지 속에 들어 있는 거지. 물론 열어보면 고깃집 진열장 안에 있는 빨간 고깃덩이처럼 보이지만.

기억은 어디에 저장되지?

주로 여기. 해마라는 곳에. 장기기억은 여기에 저장돼.

해마 주위로 커서를 동그랗게 그렸다.

엄마가 살아 계실 때 개를 키웠었어. 생각해보면 엄마는 평생 우울증에 시달리며 살았던 것 같아. 아빠는 그걸 힘들어하셨고. 가끔 엄마가 신경질을 내긴 했지만 가족 모두 그냥 단순한 걸로 받아들였지. 엄마가 돌아가시고 나서 우울증이 심했었다는 걸 알았어. 아빠랑 가벼운 말다툼을 하고 부엌으로 갔는데 된장찌개를 올려놓고 뒷베란다 창문으로 뛰어내렸어.

그녀는 다른 사람의 말을 하듯 엄마 얘기를 했다. 나는 잡고 있던 그녀의 어깨를 어루만졌다. 그사이 화면은 신경세포의 3차원 구조 지도로 바뀌었다.

음, 이 거미줄처럼 보이는 이게 뉴런이라는 거야. 이게 신호를 받는 수상돌기. 여기서 신호를 받아서 다른 뉴런으로 전달하는 거지.

모니터 위 커서는 거미줄처럼 생긴 뉴런들 사이를 오가고 있었다.

엄마가 돌아가시기 한 달 전쯤 죽었어. 원인은 잘 모르겠고 며칠 동안 계속 토했거든. 비글종이었는데 지금 내가 키우는 폴과 닮았어. 폴이 그 개와 닮아서 키우게 됐다고 해야 하나? 그런데 지금 하고 있는 실험은 뭐야?

그녀는 애써 화제를 바꿨다.

기억을 지우는 실험. 더 구체적으로 설명하자면 기억이 저장될 때 단백질 합성이 이뤄지는데 그걸 방해하는 물질을 주입해서 기억이 저장되지 않게 하는 거지.

그런 게 다 파헤쳐지면 인간은 불안이나 공포 같은 감정에서 벗어날 수 있을까?

그럴 수 있겠지. 대부분의 정신질환의 원인이 기억 때문이거든. 의식이나 마음도 뇌의 작용으로 보고 있으니까 가능할지도. 가령 어떤 사람과 관계된 기억을 지우려면 그 사람에 대해 생각하는 동안 단백질 합성을 차단시키면 돼. 약을 먹으면 되는 거지.

옛 애인이 생각난다. 빨리 지워버리고 싶다. 가방에서 약을 꺼내 먹는다. 이렇게?

여자는 가방에서 약을 꺼내 먹는 시늉을 했다. 상상하니 좀 우스운 모습이었다.

그렇게 되면 인간은 기계와 뭐가 다르지? 기억으로부터 고통받지 않는 대신 뭘 얻게 될까?

글쎄, 지금까지 그랬던 것처럼 미래에 뭐가 기다리고 있을지 모르고 가고 있는 거야.

설마, 그게 과학의 끝이야?

우리가 과학의 끝을 이야기할 무렵에 컴퓨터에 저장된 뇌의 이미지도 마지막 장면에 다다라 있었다. 뉴런들이 화학신호를 전기신호로 바꾸는 그림이었다.

겨울 동안 우리는 실험실에서 시간을 보내곤 했다. 설치류들이 활동하는 시간이라고 우리는 비밀스럽게 '설치 시간'이라고 말하기도 했다. 케이지 속의 래트들도 불이 꺼지면 활동을 시작했다. 가끔 복도를 지나가는 사람들의 발자국 소리도 들렸다. 울루루에서 내려다보며 차를 마셨다. 웅성대는 소리가 밤이 되면 또렷이 들리기도 했다. 작은 소파에서 섹스를 하고 비밀 털어놓기 게임이라도 하는 것처럼 어딘가에 숨겨진 이야기를 끄집어내곤 했다.

6

사라진 래트는 끝내 찾지 못했다. 실험실을 세 번이나 샅샅이 뒤졌지만 귀에 '34'라고 적힌 꼬리표를 단 래트는 없었다. 이 사태를 무마하기 위해 엠이 실험에 사용할 래트 한 마리를 34번이 있던 케이지에 넣었다. 그리고 34번 꼬리표를 귀에 달았다. 미로찾기 실험 결과와 뇌영상 촬영 사진도 가짜로 만들었다. 반응을 맞추기 위해 새로 실험에 투입된 래트에겐 매일 좀 많은 양의 아니소마이신을 주사했다. 가짜 34번은 미로찾기 실험에서 출구를 찾는 데 정상 래트에 비해 네 배쯤 더 시간이 걸렸다. 공포조건화 실험에서도 '소리-충격'의 학습을 잊어버려서 소리 다음에 올 충격을 알아채지 못했다. 아니소마이신이 기억이 저장되는 것을 막는다는 것이 확인된 셈이었다. 제약회사에서는 이 실험 결과를 바탕으로 아니소마이신이 들어간 신약 개발을 서두를 것이다. 약으로 기억을 통제하는 시대가 곧 올지도 모른다.

래트가 사라진 것을 사실대로 기록하고 경위서를 쓸 것인가 아니면 가짜 34번 래트를 만들 것인가를 결정하기 위해 엠과 케이를 불러놓고 의논했었다. 어려운 선택이었다. 가짜 34번 래트를 만드는 것은 무엇보다 제약회사의 의뢰를 받은 이번 실험을 허위로 진행해야 하는 부담이 있었다. 형식적인 책임자인 최교수가 래트의 번호까지 확인하지야 않겠지만 자칫 사람을 대상으로 한 임상실험에서 부작용이 나타날 수도 있었다. 더구나 아니소마이신은 그 독성 때문에 아직 사람에게 사용하지 못하고 있는 것이 아닌가. 하지만 래트가 사라진 사실을 밝히면 제약회사에서 어떻게 나올지 몰랐다. 실험을 처음부터 다시 할 수는 있다. 시간과 비용도 어떻게 해결할 수 있을 것이다. 하지만 다른 제약회사에서 비슷한 약을 먼저 출시하면 그 손해는 상상하기 어려웠다. 어쨌든 둘 중 하나를 선택할 수밖에 없었다.

밖은 이미 어두웠다. 그녀는 며칠째 아무 연락이 없었다. 여자는 해안선을 따라 더 남쪽으로 내려갈 것이라고 했다. 그녀가 옐로나이프를 떠나며 보낸 오로라 사진에는 긴 메시지가 덧붙여져 있었다.

'네가 이 글을 읽으면 그따위 미신을 믿다니, 라고 웃을지도 모르겠구나. 오로라를 보니 육체와 영혼이 정화된 것 같아. 네가 믿는 과학에선 내 말이 설명되지 않겠지. 그래도 우리가 찾는 건 똑같다고 생각해. 믿거나 말거나. 살면서 한 번쯤 기억들을 다 씻어내는 의식 같은 게 필요하지 않을까. 기억과 기억에 묻은 감정들을 다 지워버리는. 그래야 뭐든 다시 시작할 수 있지 않을까. 난 이제 남쪽으로 내려갈 거야. 캘리포니아 해변 어디쯤에서 다시 소식을 전할지도 몰라. 아참, 사라진 래트는 어떻게 됐니?'

7

그 소파에 앉아 있어. 우리가 섹스를 하던. 아직 래트는 찾지 못했고. 넌 어디쯤 있을까? 갑자기 궁금하네. 좀더 진하게 사랑하려면 코르티솔 같은 걸 주입해야 할까, 뭐 그런 생각을 하고 있어.

핸드폰에 녹음한 음성 메시지를 여자에게 전송했다.

갑자기 모든 게 아득하게 다가왔다. 실험실에서 들었던 이야기들도, 섹스를 하며 맡았던 그녀의 체취도, 머리카락의 감촉도 흐릿했다. 여자에 대해 확실히 아는 것은 폴이라는 비글을 키웠고 그 개가 두 달도 살지 못하고 죽었다는 것. 그녀가 키웠던 폴2, 아니 폴은 주둥이가 다른 비글에 비해 좀 길쭉했다. 눈에서 입으로 이어진 특이한 흰 털의 모양까지 엄마가 키우던 개를 닮았었다고 했다. 그래서 폴이 처음 실험실 케이지에 들어왔을 때부터 그녀는 녀석을 유심히 봤던 것이다. 그녀는 매일 실험계획서에 적힌 고통 등급을 확인했다. A부터 E까지 나뉘는 고통 등급 중 가장 고통이 적은 A등급의 실험을 기다렸다. 실험계획서에서 A를 확인하던 날, 폴을 실험실로 데려갔다. 그리고 실험이 끝나기를 기다렸다가 간단한 절차를 거쳐 그 폴을 집으로 데려온 것이다. 그러나 여자가 몰랐던 것이 있었다. 폴은 처음부터 오래 살 수 없도록 유전자가 조작된 개였다. 겨울이 끝나가는 어느 날 그녀의 개, 폴은 죽었다.

그녀가 오로라를 보러 갈 계획을 세우고 서둘러 여행사에 돈을 입금한 것은 그 직후의 일이었다. 4월이면 너무 늦어. 오로라를 보려면 지금 떠나야 해.

여자는 서둘러 사표를 냈고, 후임자에게 자신이 작성한 개 이름이 적힌 리스트를 넘겨주었다. 거기 네번째 줄에 있던 '폴'이라는 이름은 지웠다고 했다. 이제 폴은 이 세상에 없어.

우주 어딘가로 가버렸다고. 그녀는 오로라를 보기 위해 그렇게 떠났다.

8

실험실에 들어서며 바닥을 살피는 버릇이 생겼다. 혹시나 래트의 배설물이 있는 건 아닌지 몸을 낮춰 냄새까지 맡았다. 그 사라진 래트는 아직도 실험실 어딘가에 숨어 있을 것만 같다. 아무도 없는 실험실을 돌아다니다가 사람들이 나타날 때쯤 다시 숨는 것은 아닐까. 그럴지도 모른다.

케이는 오늘 처음으로 혼자서 두개골에서 뇌를 분리해냈다. 축하의 의미로 엠이 한마디 했다. 너도 이제 죽어서 좋은 곳 가긴 글렀다. 케이는 엠에게 눈을 한 번 찡긋한 걸로 대답을 대신했다. 나도 케이에게 한마디 건넸다. 이제 시작이야. 그게 실험의 시작일 뿐이라고.

울루루 공원은 연둣빛 나뭇잎으로 뒤덮였다. 실험동물실이 있는 오른쪽 모서리에서 한 남자가 개를 끌고 나타났다. 개는 묵묵히 남자의 뒤를 따라 걷고 있다.

어딘가에 살아 있겠지? 사라진 34번 래트 말이야. 녀석은 아마 아무것도 기억할 수 없어서 돌아오지 못하고 있는지도.

아니소마이신을 가장 많이 투입받은 놈이니까. 라구나 비치에 가면 비키니 입은 여자들 사진을 보내줘. 그리고 언젠가 오로라를 함께 보러 가자. 나도 태양 입자의 샤워가 필요해.

나는 그녀에게 보낼 메시지를 입력하고 다시 밖을 내려다봤다. 남자와 개는 울루루 공원을 지나 이제 막 치과대학 건물로 들어가고 있었다.

멸종의 기록

1

우리가 했던 통화들은 모두 녹음되어 보관 중입니다. 일반인들에게는 비밀이지만 이곳에서는 통화도수, 누적 통화도수, 통화 시간, 통화당 소요 시간 등이 실시간으로 모니터링됩니다. 물론 통화 내용은 실시간 녹음됩니다. 텔레마케터인 우리들은 이것을 전자감시라고 부르는데 다행히 이 감시 때문에 당신과의 이야기를 복원할 수 있었습니다. 물론, 이 복원에는 아무런 목적이 없습니다. 혹시 백 년쯤 뒤에 누군가가 컴퓨터에 저장된 이 파일을 찾는다면, 그런 우연이 일어난다면, 그래서 누군가에 의해 다시 소리가 된다면 재밌는 이야기로 읽히지 않을까요?

2

꿈을 꿨어요. 그즈음엔 매일 밤 꿈을 꿨던 것 같아요. 형체는 보이지 않고 소리만 있는 그런 꿈. 어둠뿐인데 소리가 들렸죠. 밀폐된 공간에 갇혀 있는 듯했어요. 사람은 보이지 않는데 사람의 목소리가 들리고, 짐승이 보이지 않는데 짐승의 소리가 났어요. 고양이 울음소린가 하면 오소리 발자국 소리로 변했어요. 후드득! 저건 물결을 차고 날아오르는 가마우지의 날갯짓을 닮았어요. 간혹 미끄러운 소리도 들렸어요. 네, 미끄러운. 소리에도 촉감이 있답니다. 심해 동굴로 숨어드는 뱀장어의 지느러미와 모래사막을 파고드는 전갈의 소리가 같은 촉감일 수는 없잖아요. 화단에 달팽이 한 마리를 놓아준 적이 있는데 그놈이 소요하고 있던 소리였는지도 모릅니다. 웬 달팽이냐구요? 마트에서 산 산나물에 놈이 붙어 있었어요. 아직 살아 있다면 저런 소리를 내며 돌아다닐 것 같았어요. 먼 바다 밑에서 흔들리는 해초들도 저런 소리를 낼까요? 귀는 점점 맑아지고 정교해져서 저런 소리도 있구나, 싶게 신비로운 소리로 꽉 찼어요. 사라지고 시작되고, 다시 사라지고.

한번은 고막이 찢길 듯 지나치게 높고 큰 소리가 들렸어요. 아주 절박한. 포식자에게 쫓기고 있던 짐승이었겠죠? 그렇지 않고서야 그리 절박한 소리를 낼 리가 없으니까요. 뒤엉킨 소리를 헤치고 천천히 따라가다 보면 저마다 감정이 숨어 있어요. 슬픔 비슷한. 그래서 모든 감정은 슬픔으로 환원되는 게 아닌가 생각했죠.

꿈에서 깨어나, 소리만 있던 꿈 안을 상상하곤 했어요.

3

그 화요일, 당신과 처음 만났지요. 만났지만, 얼굴을 마주 본 것은 아니었어요. 그러니까 만났다고 말하는 것은 부적절할지도 모릅니다. 그래도 만났다고 말합니다. 우린 5분 정도 통화했습니다. 김형수 씨, 되십니까? 반갑습니다. 어젯밤 홈쇼핑에서 판매한 보험, 상담 요청 메모를 남기신 거 맞으시죠? 스크립트에 적힌 대로 내가 말을 꺼냈지요. 스크립트는 텔레마케터에게 연극 대본 같은 것입니다. 수많은 상황에 대비해서 스크립트를 만들어 칸막이 책상 앞에 붙여놓습니다. 중요한 멘트는 형광펜으로 밑줄을 그어서 말입니다.

그 화요일, 당신은 나의 첫 고객이었어요. 신호음이 들릴 때, 나는 목소리를 가다듬었어요. 사람을 만날 때 옷매무새를 만지는 것처럼. 이것도 만남이니까요. 이 일은 무엇보다 고객에게 신뢰감을 주어야 합니다. 그 신뢰감은 목소리에 달려 있습니다. 말의 높낮이는 기본음 '솔' 음계에서 크게 벗어나면 안 됩니다. '솔'보다 높으면 가볍고, 그보다 낮으면 침울한 인상을 줄 수 있기 때문입니다.

신입사원 교육 4주 동안 반복되는 것이 바로 이 목소리 훈련입니다. 교육부장 말대로 나는 매일 고객과의 전화통화를 다시 들어보곤 했어요. 6개월을 하루도 빠짐없이 말입니다. 모두 퇴근한 빈 사무실에 남아 녹음된 내 목소리를 듣는 것, 그 자체가 힘든 훈련이었어요. 언젠가 한 번쯤은 내 목소리를 녹음하고 들었던 적이 있었을 텐데 아무리 기억을 더듬어도 그런 일은 생각나지 않았어요. 따라서 녹음된 내 목소리를 듣는 것은 내게 무척 낯설었어요. 그냥 듣기만 한 것이 아니라 체크할 항목을 만들었어요. 내용, 억양, 리듬, 호흡, 발음, 강약, 속도, 그리고 목소리 크기. 나는 '솔'보다 낮은 목소리를 갖고 있더군요. 별다른 리듬감 없이 말을 했고, 속도도 느린 편이었습니다. 게다가 '으'와 '의' 발음도 구별되지 않아 뭉개져서 들렸어요. 우선 발음 교정부터 시작했어요. 어금니로 볼펜을 가로로 물고 소리 내어 책을 읽었어요. '으'와 '의'는 아주 자주 나오더군요. '으'를 소리 낼 때는 입술을 과장되게 납작한 모양으로 만들고, '의'는 '으'로 시작해서 '이'로 끝나게 나누어 또박또박 발음했습니다. 쉽지 않더군요. 높이와 속도를 위해서는 좀 명랑한 기분으로 빠르게 말하는 훈련이 필요했어요. 말소리를 '솔' 음계까지 높이려면 약간 격앙된 소리를 내야 했는데 그것 또한 어려웠어요. 누구나 타고난 목소리가 있고, 수십 년 동안 말해온 습관이 있는데 그걸 바꾸는 게 어디 쉬운 일인가요? 즐거운 일을 떠올리면 좋을 것 같았지만 막상 생각나는 장면이 없었어요. 다시 펴도 구김뿐인 폐휴지가 딱 나의 과거 같았어요. 겨우 생각해낸 것이 친구들과 수다 떠는 기분이었답니다.

도레미파솔. 솔솔솔솔. 상담 중에는 머릿속으로 솔, 을 잘 기억하고 있어야 해요. 내가 그 훈련을 하는 6개월 동안 함께 입사한 90명 중 절반이 일을 그만뒀어요. 다시 신입사원 50명이 들어왔답니다. 하루 일곱 시간 동안 모르는 사람들과 말을 해야 하는 일입니다. 사람들의 목소리에 묻은 감정을 읽고 이해하지 않으면 힘든 일이지요.

훈련 때문이었을까요? 고객들의 반응이 조금씩 바뀌었어요. 이를테면 이런 것입니다. '관심 없어요'라든가, '어떻게 내 번호를 알았죠?'라든가, '요청한 적 없는데요'라는 말을 듣는 횟수가 줄어들기 시작했어요. 사원들의 실적을 막대그래프로 그려 벽에 붙여놓는데 내 이름 위의 막대그래프가 점점 길어졌어요. 월급도 오르고, 입사 이 년 만에 센터장 표창도 받았습니다.

그 화요일, 말입니다. 첫 통화였는데 당신은 의외로 좋은 반응을 보였지요. 지금은 바쁘니까 다음에 다시 상담을 하고 싶다고. 첫 통화에서 그 정도면 계약을 따낸 거나 다름없었죠. 텔레마케팅은 과학적인 통계를 가지고 있습니다. 좀 의외지요? 예를 들면 이런 것입니다. 스무 개의 콜에서 하나 정도의 계약이 이루어진다, 청약은 평균적으로 다섯번째 콜에서 많이 이루어진다, 그중에 첫 통화에서의 호의적 반응은 청약이 이루어질 확률이 90퍼센트 이상이다, 라는 말도 있습니다.

그 화요일, 그렇게 우리는 만났습니다.

4

점심시간. 휴게실에 사람들이 많이 모여 있었어요. 휴게실이라고 해봤자 두어 평 남짓. 한쪽 구석엔 화이트보드, 전단지, 복사용지, 접이식 의자들이 쌓여 있고, 가운데에 큰 탁자와 의자가 몇 개 놓여 있을 뿐입니다. 도시락을 싸 온 사람들은 거기 모여 점심을 먹어요. 밖에 나가 점심을 먹은 사람들도 휴게실로 몰려와 한바탕 이야기꽃을 피우다가 흩어지곤 해요.

마지막으로 팀장에게 인사하는데 목소리가 완전히 남자 같았어. 나도 깜짝 놀랐다니까.

수정 씨 원래 목소리는 정말 예뻤는데.

그 목소리 덕분에 승승장구했지 뭐.

어쩌다가 그렇게 변한 거야?

어쩌다 그리됐겠어? 목을 너무 많이 써서 그렇겠지. 남의 일이 아니야. 우리라고 그런 병에 걸리지 말라는 법 있어?

어제 회사를 그만둔 S에 대한 얘기들로 오늘은 다른 날보다 시끄럽습니다. 그만둔 사람이 있으면 꼭 꼬투리를 잡아 씹어야 떠나보낼 수 있나 봅니다. 같은 사무실에서 일하지만 서로 사적인 얘기는 잘 하지 않는 편이에요. 언제 그만둘지 모르는 사람들인데 속내를 보이는 것은 어리석은 일이라는 것을 서로 잘 알고 있지요. 간혹 몇몇 사람들끼리 모여 밥도 먹고, 몇몇은 좀 친하게 지내는 것처럼 보이기도 합니다. 하지만 한계는 분명합니다. 우리는 동료지만 또한 경쟁자이기도 합니다. 며칠만 사무실에서 지내봐도 센터장이나 팀장이 입력해주는 데이터베이스가 조금씩 다르다는 것은 누구나 알게 됩니다. 밉보이는 사람들에게는 이미 여러 번 콜을 돌린 데이터베이스를 넣어주기도 합니다. 골탕을 좀 먹어보라는 거지요.

몇 번이고 같은 전화를 받았던 고객들이 신경질에 가까운 반응을 보이는 것은 당연한 일이니까요. 더구나 그런 상황에서 청약까지 이어질 리는 없습니다. 욕부터 듣지 않으면 그나마 다행이지요. 그런 데이터베이스를 받는 날에는 입에 거품이 나도록 말만 하다가 지쳐서 돌아갑니다. 그날 첫 콜이 중요한 것은 그 때문입니다. 첫 콜에서 고객의 반응이 이상하면 나쁜 데이터베이스일 가능성이 높습니다.

언제부터라고 딱 잘라 말할 순 없지만 S의 목소리가 변했습니다. 걸걸하다 못해 듣기에 따라서는 남자 목소리처럼 들리기도 했습니다. 실제로 고객들에게 남자 상담사냐는 질문을 받았던 일도 있었던 모양입니다. 친한 동료에게 고민을 털어놓으면서 그 얘기를 했는데 그 말이 어느덧 사무실에 퍼져 다시 S의 귀에 들어갔다고 해요.

그 사건이 계기였는지는 모르지만 S의 사표는 모두에게 갑작스러운 일이었어요. 강남센터가 오픈할 때 입사해서 팔 년 가까이 근무했으니 사무실의 최고참이었죠. 내 바로 왼쪽이 S의 자리였습니다. 내가 아는 한 그는 텔레마케터로 살기 위해 태어난 사람이었습니다. 목소리가 아주 맑았어요. 그래요. 그 '솔' 음계로 자연스럽게 말할 줄 알았어요. 순발력도 뛰어나서 고객의 반응에 재빨리 잘 대응할 줄 알았고, 무엇보다 고객들의 얘기를 잘 들어줄 줄 알았죠. 다른 사람의 말을 들어

준다는 게 여간 어려운 일이 아니거든요. 이 일을 하다 보면 아주 긴 가정사를 들어줘야 하는 경우도 있어요. 다짜고짜 큰 소리로 욕부터 해대는 경우는 다반사지요. 그런데 S는 누구에게나 '감사합니다, 고객님'이라고 완벽한 클로징 멘트를 하고 전화를 끊는 사람이었습니다. 그러고는 명랑한 목소리로 다음 번호로 또 콜을 돌리는 사람이었죠.

변태 같은 사람이 있었어요. 원래 다른 텔레마케터 고객이었는데 슬쩍 S에게 넘겼죠. 상담을 부탁한다는 메모를 받고 전화를 하면 이상한 숨소리만 뱉는 남자였어요. 통화 요구 시간도 꼭 밤이었다니까요. 다른 사람이라면 두말없이 전화를 끊었을 것입니다. 하지만 S는 그 남자에게도 끝까지 친절함을 잃지 않았다고 합니다. 고객님, 제가 뭘 도와드릴까요? 그렇게 묻다가 계속 거친 숨소리만 들리면 죄송하지만, 먼저 끊겠습니다, 라고 말하고 끊었습니다. 어떻게 되었냐구요? 결국, 남자가 S에게 청약을 했답니다.

그런 S가 어제 갑자기 사표를 낸 것입니다. 아니, 막말로 여자가 어디 가서 이런 월급을 받겠어. 안 그래? 다시 생각해봐요. 나중에는 이런 협박까지 하며 팀장이 끝까지 말렸어요. 팀장 입장에서는 놓치기 아까운 사원이죠. 하지만 S는 조용히 짐을 챙겨 떠났습니다. 그동안 감사했습니다, 라고 웃으며 말하고 말입니다. 마치 고객에게 클로징 멘트를 하듯 그렇게 떠났습니다.

그 일로 사무실 분위기가 무거워졌습니다. 목소리에 영혼이 있다면 우리는 다른 사람에게 영혼을 팔고 있는 셈이지요. S의 고운 목소리가 걸걸한 남자 목소리로 변한 것을 보면 이것도 소모품은 아닐까, 생각됩니다.

점심시간이 끝날 무렵, 팀장이 케이크를 들고 휴게실로 들어왔어요.

자, 이리들 모이세요. 누가 케이크에 불 좀 붙여줘요. 미스 윤, 뭐해? 주인공이 빨리 와야지.

팀장은 재촉했지만 사람들은 굼뜨게 테이블로 움직였어요. 누구 생일이라고 팀장이 챙긴 적이 없었는데 새삼스럽게 누구 생일이라고 케이크까지 사 들고 온 게 다 S 때문이란 걸 알았지요.

생일 축하 노래가 울렸습니다. 오후 일을 시작하려는데 모니터에 메모지가 하나가 붙어 있었습니다. 전화를 부탁한다는 당신의 메모. 등뒤에서 팀장의 목소리가 들렸습니다.

자자, 10분부터 콜 들어가겠습니다.

5

그 화요일 이후, 우리는 몇 번 더 통화했지요. 두번째 통화에서는 내가 당신에게 보험상품을 자세히 소개했었습니다. 그로부터 며칠 뒤엔 정식 청약이 있었고, 일주일쯤 뒤, 보험증권을 받았는지 확인하려 다시 통화를 했습니다. 발송한 보험증권이 사라져서 보험증권을 재발송했다는 말을 전하려고. 그리고 며칠 뒤엔 보험증권을 받았는지 확인하기 위해. 그사이 우린 많은 얘기를 나눴습니다.

6

몇 년 전, 아들을 데리고 이민을 갔어요. 캐나다로 투자이민 비슷하게. 교통사고로 아내가 죽고 일 년쯤 뒤에 떠났나 봐요. 스키장에서 돌아오는 길이었어요. 마주오던 차가 눈길에 미끄러지면서 중앙선을 넘어와 부딪친 사고였죠. 충격은 있었지만 나는 괜찮았어요. 뒷좌석에서 자고 있던 아들은 바닥으로 굴렀지만 심하게 다친 것 같지 않았고, 상대방 차가 조수석 문짝을 파고 들어와 아내는 좀 심각했어요. 피가 쿨컥 쿨컥 나오더군요. 파열된 상수도관에서 길바닥으로 물이 쏟아지는 것처럼. 아내의 노란 파카가 금방 피에 젖었어요. 아들 녀석은 엄마를 부르며 울고, 나는 어찌할 줄을 몰라 내 옷을 벗어서 무조건 덮어줬어요. (여기서 당신은 잠깐 얘기를 멈췄습니다. 녹음된 것을 들어보니 여기부터 좀 떨리는 목소리로 이야기를 이어갔더군요.) 가끔씩 경련을 일으키기만 할 뿐 아내는 이미 의식이 없었어요. 나는 떨고 있었죠. 아무리 떨지 않으려 해도 저절로 떨렸어요.

그 순간 왜 노래를 부르게 됐는지 모르겠어요. 저절로 노래가 나왔다는 말이 더 맞겠군요. "1990년 정아는 스물하나, 1990년 꽃 피는 스물하나. 봄이 오면 꽃이 피고, 여름이 오면 피가 끓겠지. 1966년 엄마는 사랑을 했네. 1966년 아빠는 꿈을 꾸었지……" 처음엔 목소리가 떨렸는데 시간이 지날수록 차분해졌어요. 그때까지 계속되던 아내의 고통스런 신음 소리도 멈췄어요. 아이도 울음을 그쳤어요. "기차를 타고 정아 생각 산을 볼 때도 정아 생각. 1990년……" 병원으로 이송되었을 때, 아내는 이미 숨이 끊어져 있었어요. 그 뒤로 이따금씩 나도 모르게 그 노랠 흥얼거리게 됐고, 그 노랠 흥얼거리다가…… 캐나다로 갔어요.

7

고객의 말은 잘 들어주지만 내가 내 얘길 하는 건 익숙하지 않아요. 이 일을 어떻게 하게 됐는지 물은 적이 있죠? 어디서부터 시작해야 할까요? 남편의 시신이 고향 집 안방에서 발견된 날부터 시작해야겠네요. 그 전날 저녁부터 내린 눈이 다음날 아침에도 그치지 않았어요. 4월인데, 눈이라니. 그런데 그것도 봄에 내린 눈치고는 폭설에 가까웠어요. 사람이 살지 않은 지 일 년이 넘어 폐가나 다름없는 곳을 남편이 왜 찾아갔는지 그땐 잘 몰랐어요. 사망원인이 불분명하다고 경찰에서는 부검을 해야 한다고 했습니다. 부검 결과 직접사망원인은 뇌출혈로 밝혀졌죠. 발견 당시 남편의 주검 옆에 떨어져 있었다며 동네 사람이 사진 한 장을 건네주더군요. 남편이 지갑에 넣고 다니던 가족사진이었어요.

장례식장으로 빚쟁이들이 몰려와서야 그동안의 일이 짐작됐어요. 진즉 손을 털었어야 할 회사를 붙잡고 있어서 빚만 턱없이 늘어났던 것입니다. 들어온 조의금은 빚쟁이들이 챙겨 갔어요. 마흔 다 되도록 시집도 안 간다며 나를 구박했던 친정엄마는 뭐가 원통한지 매일 남편의 사진 앞에서 통곡하더군요. 시끄럽고 어수선한 장례식이 끝나고 나니 막막하더군요. 우선 먹고살아야 했어요.

아들이 한 명 있다고 얘기했나요? 이름은 운, 운이에요. 그때 두 살이었어요. 운을 24시간 운영하는 놀이방에 맡기고 대형마트 캐셔 일을 시작했습니다. 일이 끝나고 놀이방에 도착하면 아이는 혼자 비디오를 보고 있는 경우가 많았어요. 몇 번 이름을 불러야 뒤를 돌아보고는 달려와 안기곤 했습니다. 운이 말이 늦다는 말을 들은 것은 몇 개월 뒤 보육교사로부터였습니다. 그 또래 아이들은 짧은 문장으로 말을 하는데 운은 어어, 라고만 말한다는 것입니다. 그러고 보니 엄마, 라고 부르는 소리도 들어보지 못했더군요. 걱정은 됐지만 좀 기다려보기로 했습니다. 말이 좀 늦는 아이도 있으니까요.

이상한 일은 그때부터 시작됐습니다. 아이를 목욕시키려 옷을 벗겨보면 멍 자국이 보이는 것입니다. 워낙 연하고 부드러운 살이라 어디에 부딪히기만 해도 멍이 들곤 하니까 그냥 넘겼는데 갈수록 몸 이곳저곳에 푸른 멍이 많이 보였어요. 꼬집히거나 맞은 게 아니라면 생기지 않을 그런 자국들이었죠. 물론 보육교사에게 물어보고 원장에게 따졌지만 그럴 리가 있느냐는 표정을 짓더군요. 답답해서 아이에게도 물었지만 운은 내 눈만 쳐다볼 뿐 아무 말을 하지 못했습니다.

8

다행히 아들은 캐나다에 잘 적응하더군요. 집에서 나는 한국말을 사용하려고 했는데 아들 녀석은 영어로만 말했어요. 그 언어를 잊으면 그 말을 사용했을 때 기억도 함께 잊어버리나 봐요. 아들은 한국에서의 일을 다 잊어버린 것처럼 보였어요. 나는 처음 일 년 동안 아무 일도 하지 않고 놀았어요. 그동안 놀아본 적이 없으니 그런 시간도 필요한 것 같아서. 그때까지는 느긋했어요. 한국에서 워낙 지치게 일했으니까 그 휴식이 달콤하기까지 하더군요. 그러다가 아는 사람의 소개로 한인신문사에서 기자 일을 하게 됐어요. 말이 기자지 정식 직원은 아니고 프리랜서 같은 거였죠. 매일 출근하는 것도 아니고, 어쩌다 한인회에서 행사가 있으면 쫓아가서 취재하고 기사를 쓰는 정도. 미치게 한국말이 하고 싶어서 교회에 나간 적도 있어요. 한국에선 교회 문 앞도 안 가봤는데. 뭘 해도 늘 불안했어요. 그럴 때마다 노래를 흥얼거리고 있더군요. 그 노래 말입니다. "1966년 엄마는 사랑을 했네. 아빠는 꿈을 꾸었지. 기차를 타고 정아 생각. 산을 볼 때도 정아 생각." 버텼다는 말이 맞는지도 모르겠네요. 그래요, 아들이 잘 크고 있었으니까요. 그 노랠 흥얼거리다가 한국으로 돌아왔죠. 지금은 조그만 사업체를 친구와 운영하고 있어요.

나 같은 사람을 역이민자라고 부르나요?

9

운을 이웃집 여자에게 맡긴 얘기부터 시작하면 될까요? 가까운 이웃집에 운을 맡기게 되었습니다. 아이를 간절히 원했지만 아이를 갖는 것에 실패한 사람이 있다는 것을 익히 알고 있었죠. 그 여자라면 운을 잘 돌봐줄 수 있을 것 같았습니다. 살림살이들은 제자리에 잘 정리되어 있었고, 달콤한 냄새가 집안에 가득하더군요. 운을 맡겨도 괜찮겠다는 확신이 들었죠. 여자가 운을 안아 높이 올려주자 운이 까르르 웃기까지 했어요. 처음 만났는데 말입니다. 운을 맡아주기로 그 자리에서 결정됐어요.

마트 일을 끝내고 달려가면 운은 잠들어 있었어요. 놀이방에서는 재우려 해도 자지 않는다고 했었는데 여자 품에서 깊이 잠들어 있었어요. 여자가 마술사 같았어요. 잠든 아이를 억지로 데려올 수가 없었어요. 자다 깨면 한참을 울었거든요. 한 번 두 번 여자 집에서 재우던 것이 나중에는 쉬는 날만 집으로 데려오는 게 당연하게 됐어요. 아이에게 신경 쓰지 않아도 되니까 좋은 게 아니냐구요? 아니요, 불안해지더군요. 어느 날은 한밤중에 그 집 앞까지 달려간 적이 있어요. 그 여자가 운을 데리고 어디론가 도망가버린 게 아닌가 싶어서 달려간 거죠. 거실에서 티브이 불빛이 새어 나오는 걸 확인하고야 돌아왔죠.

저녁이면 운을 데려올 수 있는 직장이 필요했어요. 그래서 이 일을 시작하게 됐어요. 하지만 나는 아직도 운을 그 여자 집에서 재워요. 집에 데려오면 운은 심하게 잠투정을 합니다. 한번은 현관 앞에서 여자가 부르는 자장가를 들은 적이 있어요. 그런 자장가를 들으면 누구든 달콤한 잠을 잘 수 있겠구나, 싶더군요. 이미 그 목소리가 운을 지배해버린 것입니다. 여자의 자장가를 들으며 그 여자의 젖가슴에 얼굴을 묻고 잠들어 있을 운을 생각하니 울음이 터지더군요. 질투가 났어요. 요즘은 밤마다 동화책을 읽어준다고 하는데 그것마저도 수상쩍어요. 충직한 개로 키우려면 강아지였을 때 먹이에 침을 묻혀서 준다고 하잖아요. 그 최초의 침 냄새를 개는 평생 기억하고 그 사람을 주인으로 삼는다는 말을 어디선가 들었어요. 잠들기 전에 그 여자가 운의 여린 귀에 대고 주술을 들려주는 건 아닐까요?

다행스러운 일은 말이 늦었던 운이 그 여자에게 맡겨지면서부터 조금씩 입을 떼기 시작했다는 것입니다. 한 음절이 단어가 되고, 단어가 작은 문장이 되고. 어느 날엔 운을 놓고 돌아서는데 뒤에서 소리가 들리더군요. '엄마, 빠빠'라는. 반가운 마음에 뒤돌아보니 그 여자의 품에 안겨 볼을 부비며 하는 말이었습니다. 내가 없는 사이 그 여자에게 '엄마'라고 부르는 모양입니다. 그 또래 아이들에게는 모든 여자가 엄마로 보이겠죠?

10

소리를 들을 수 없어 멸종된 동물이 있어요. 페름기 말에 매머드와 함께 지구상에서 영원히 사라져버린 파충류가 있었어요. (소리를 들을 수 없어 멸종된 동물이라는 말에 내가 크크, 하고 웃으며 그 파충류가 뭔지 물었었죠?) 사실, 책을 본 지 너무 오래돼서 그 이름을 잊어버렸어요. 흔히 소행성 충돌로 그 당시 생물의 대부분이 죽었다고 하지만 그것이 멸종의 직접적 원인은 아니죠. 소행성이 지구와 충돌하면서 인간이 상상할 수 없는 굉음이 생겼을 것입니다. 그야말로 인간이 상상할 수 없는. 그 굉음에 지구상의 생명체들이 청각기관에 엄청난 손상을 입었을 것은 쉽게 상상할 수 있는 일입니다. 아마 인간이 살고 있었다면 들을 수 없는 영역의 주파수를 가진 소리였을지도 모르죠. 그것이 멸종의 직접적 원인이 되었어요. 공룡의 죽음도 혜성이 다가오는 것을 보고 두려움에 떨다가 죽었다는 학설이 제기됐는데 그것도 생각해볼 가치가 있다고 봅니다. 멸종의 원인을 너무 인간 중심으로 보는 사람들은 웃기는 소리라고 하겠지만 말입니다. 아, 그 파충류 이름이 프로테사우르스, 아니 프테로사우르스인 것 같아요.

미국 켄터키 빅본릭이라는 곳에서 뼈들이 발견되었어요. 물론 나중에 그 비슷한 뼈들이 미국 전역에서 발견되었지만 그 당시로는 빅본릭 화석이 유일했죠. 흩어진 뼈들을 주워 모았지만 그것을 복원할 수 있는 사람은 아메리카 대륙에 없었어요. 그래서 그것들은 아무렇게나 모아져 배에 실렸죠. 그리고 여러 운반 과정을 거쳐 그 뼈들은 몇 달 뒤 파리에 내려졌어요. 파리에는 화석학의 대가 조르주 퀴비에가 있었거든요. 조르주 퀴비에는 사람들이 보는 앞에서 그 뼈들을 순식간에 '그럴듯한 모습'으로 복원했고, 흩어진 한 무더기의 뼈가 거대한 파충류가 되었을 때, 사람들은 놀랐어요. 기록에 의하면 먼저, 그 육중한 몸집에 놀랐다고 해요. 지구 역사상 가장 몸집이 컸으니까 그럴 만도 했겠죠. 또, 강한 이빨과 날카로운 발톱에 놀랐다고 해요. 그 크기만 봐도 그것들이 다른 동물에게 얼마나 위협적이였을지 짐작할 수 있었을 테니까요. 그러나 사람들을 가장 놀라게 한 것은 프테로사우르스의 멸종, 그 자체였어요. (당신은 '멸종'이라는 두 음절을 강하게 발음했지요.) 그런 거대한 몸집과 강한 이빨과 날카로운 발톱을 가지고 사라지다니, 말입니다. 페름기 말에 지구와 소행성이 충돌했을 때, 지구 생명체의 70퍼센트 이상이 죽었을 거라고 추측합니다. 엄청난 굉음이 지속적으로 반복되었고, 그 과정에서 많은 동물들이 멸종의 길을 걷게 되었죠. 특히 청각기관이 약한 동물들에겐 치명적이었죠. 프테로사우르스도 그중 하나였다고 봅니다. 너무 오래된 기억이라서, 가물가물합니다만.

(여기까지 말하고 당신은 뭔가를 들이켜더군요. 그리고 잠시 말이 없었어요. 뭔가 더 말하려 망설이는 것 같더니 다음에 다시 얘기하자고 하며 전화를 끊더군요.)

11

당신이 무얼 더 말하려고 했는지 나는 알고 있었어요. 이 이야기는 나도 오래전에 어떤 남자에게서 들은 적이 있는 이야기니까요. 멸종에 대한 이야기를 꺼냈을 때부터 내가 알고 있는 김형수, 라는 사람과 당신이 같은 사람인 것을 확신했지요. 그런 것을 자세히 얘기할 수 있는 사람은 흔치 않거든요. 내 기억도 불완전하지만, 당신이 하려고 했던 멸종된 파충류 이야기를 덧붙여보려고 합니다. 어차피 세상의 이야기란 모두 불완전하고, 불완전하기에 우리는 보다 완전한 이야기를 만들어보려 하는 게 아닐까요?

조르주 퀴비에의 복원으로 이야기를 돌립시다. 내가 찾아본 그 당시 기록을 보면, 사람들이 놀란 것은 프테로사우르스의 몸집도 이빨도 뼈도 아니라고 밝히고 있어요. 그 순간의 환희는 지질학 책에 장황하게 기록되어 있지요. 기록은 복원된 새로운 동물의 모습이 아니라 그 동물을 탄생시킨 조르주 퀴비에의 모습에 초점이 맞춰져 있지요. 복원 과정을 보고 있던 사람들은 경이로운 눈으로 그를 바라봤다고 해요. 흡사 창조주를 보는 듯한 눈빛이었다고 되어 있죠. 어떤 이는 감격의 눈물을 흘리기도 했다고 합니다. 조르주 퀴비에는 이미 그 동물을 본 적이 있는 것처럼, 마치 눈앞에 투명하게 그 형체가 보이는 것처럼 순식간에 뼈들을 이었다는 것입니다. "우리들이 보기엔 전혀 연관성 없어 보이는 뼈들이 착착 제자리를 찾아가더니 어느덧 거대한 동물 모습이 되어 있더군요. 역사상 가장 큰 동물의 탄생에 함께했다니 감격스러울 따름이에요" 같은 인터뷰도 사진과 함께 실려 있는 것을 확인했어요. 조르주 퀴비에가 멸종된 프테로사우르스를 복원한 것은 1805년이었고, 내가 당신으로부터 프테로사우르스 멸종에 대해 들었을 때는 1995년이었습니다. 그때 들으면서 조르주 퀴비에의 시대는 이백여 년 전이구나, 생각했었으니까 이건 확실하겠죠.

내가 얼마나 당신의 말을 잘 기억하고 있는지 말해볼까요? 뼈가 처음 발견된 곳은 켄터키의 빅본릭이라는 곳이었죠? 물론 나중에 그 비슷한 뼈들이 미국 전역에서 발견되었다고 했습니다. 훗날 조르주 퀴비에의 복원이 몇 번인가 다른 화석학자들에 의해 수정되었고, 따라서 멸종된 프테로사우루스의 모습도 처음의 그것과는 많이 달라졌다고 했죠. 1880년대는 그런 시대였다고 말하면서 당신도 그때 태어났으면 아마 화석학자가 되었을 것 같았다는 말도 덧붙였죠. 페름기라면 2억 5천만 년 전인데…… 소리를 듣지 못해 멸종된 동물을 복원하는 게 얼마나 굉장한 일이냐며 먼 곳을 바라봤던 당신 눈빛과 지금 당신의 그것은 얼마나 다를까요? 벌써 이십 년 전입니다. 이십 년 전의 이야기를 맞추는 퍼즐놀이도 이렇게 어려운데 2억 5천만 년 전 사라진 파충류의 이야기야말로 당신이 내게 들려준 판타지가 아닐는지.

12

그렇습니다. 그 화요일을 기억합니다.

전화를 끊고 나서 나는 내가 알고 있는 사람이 아닌가, 잠시 생각했어요. 먼 과거지만 김형수, 라는 이름을 가진 사람을 알고 있었으니까요. 하지만 그땐 그럴 리가 없다고 생각했죠. 소문에 따르면 내가 아는 김형수는 오래전 캐나다로 이민을 떠났으니까요. 다시 돌아왔을 리가 없었고, 돌아왔다 해도 수많은 데이터베이스 중에서 당신의 전화번호가 내게 배정됐을 확률은 아주, 지극히, 낮으니까요.

13

이제는 멸종된 동물의 화석 같은 기억이군요. 당신 집에서 우리의 궁합을 본 후엔 만나기는커녕 연락조차 어려웠던 시절이 있었죠. 아들을 죽이려고 작정했어? 점쟁이는 대뜸 그렇게 말했다고 했나요? 그 여자랑 결혼하면 아들은 무조건 일찍 죽어. 이건 악연이야, 악연. 상 위로 쌀알을 튀기며 점쟁이는 계속 머리를 흔들었는데 표정이 괴기스러웠다고 했어요. 그날 이후, 당신은 집에 감금되다시피 했고, 나이가 한참

위인 시집간 누나들도 친정에 와서 당신을 감시했었죠. 어려운 형편에 온갖 뒷바라지를 한 것은 집안에 판검사 하나 만들기 위함이었는데 당신 집에선 내가 그 장애물처럼 보였던 거죠. 더군다나 궁합도 안 맞는 악연인 여자를 만났으니. 그런 맹목이 흔했던 시절이었죠.

그런데 일주일 만에 당신이 오토바이를 타고 나를 찾아왔어요. 마치 위대한 사랑을 이루기 위해 당연히 있는 시련이니까 극복해보자는 의욕으로 가득 찬 사람처럼 말입니다. 생각해보면 우리가 그렇게 절절한 사랑을 한 것도 아닌데 그런 사랑을 하게 내몰려버린 셈이었죠. 대학교 4학년이었지만 우린 꽤 어렸던 것 같아요. 드라마의 주인공들처럼 한적한 암자를 찾아 둘만의 결혼식을 올릴 작정으로 길을 떠났죠. 출발하고 나서야 당신이 집에서 입던 트레이닝 차림이란 걸 알았죠. 맨 처음 도착한 소도시에서 옷 한 벌 샀던 거 기억하죠? 옷을 사고 밥을 먹고 나오니까 사위는 어둑해져 있었어요. 암자를 찾기도 전에 날이 저물어버린 거죠. 여관방에 들어서는 순간 드라마 같은 것은 드라마 안에서만 가능하다는 것을 나는 깨달았어요. 뭔가를 배우는 것은 오래 걸릴지 모르지만 깨달음이란 일순간 다가온다는 걸 그날 알았어요.

만약 그때 우리가 돌아갈 길을 가늠하지 않고 달려갔다면 그 후 우리의 삶은 좀 달라졌을까요? 기름도 돈도 다 떨어질 무렵 우리는 집으로 돌아가고 있었어요. 사흘 만에. 겨우, 사흘 만에 의기양양했던 사랑이 끝나버린 거죠.

14

몇 번인가 사법고시에 낙방하고 은행에 입사했다고 들었어요. 은행에서 만난 여자랑 결혼했다는 것도, 캐나다 이민 소식도 들었어요.

사랑이 별것이 아니라는 걸 알면 세상이 시시해 보이나요? 거짓된 몸짓과 위장된 말들만이 가득한 것으로 보일까요? 그렇게 시간이 흘러갔습니다.

생각해보니, 당신이 은행에 입사했다는 말을 듣고 딱 한 번 당신을 찾아간 적이 있군요. 그때 혼자 가는 것이 어색해서 친한 친구를 데리고 갔던 기억이 납니다. 우리 연애사를 다 아는 단짝 친구였죠. 당신이 근무하는 은행이 있던 빌딩의 카페라고 기억합니다만. 우리가 기다리고 있는데 당신이 들어왔어요. 앉자마자 일이 많아서 금방 올라가야 한다는 말부터 꺼내더군요. 당신은 뜨거운 것을 잘 못 마시는데 식지 않은 커피를 서둘러 마셨죠. 고시는 아직도 준비해? 그렇게 물었던 것 같아요. 응, 하려고. 당신 대답은 좀 애매하게 들렸어요. 계속해야지. 그래야 나도 법조계에 아는 사람이 생기잖아. 꺼내고 싶지 않은 말들이 불쑥불쑥 튀어나와 나도 당황했어요. 농담도 진담도 아닌 말을 늘어놨어요. 어색하니까 생각지도 않은 말들이 막 쏟아져 나왔는데 옆에 앉은 친구는 커피만 마실 뿐 거들어주지 않더군요. 당신은 계속 시계를 봤고 곧 일어났어요. 바빠서 그만 올라가봐야겠어. 또, 만나. 손을 들어 억지 미소를 지으며. 반가웠다. 그게 끝이었어요.

그리고, 그 화요일에 지극히도 우연히 다시 만난 것입니다.

15

한 가지 흥미로운 소식을 전합니다. 얼마 전, 티브이 채널을 돌리다가 우연히 멸종된 동물 복제 프로젝트를 봤어요. 당신과 헤어지고 나서 멸종에 대한 기사들을 스크랩하기도 했답니다. 방송에서는 러시아 야나강 일대 무스카냐 얼음 동굴에서 매머드 신체 조직이 발견되었다고 하더군요. 손상되지 않은 세포핵이 발견된다면 복제도 가능하다고. 오래전에 이미 지구에서 사라진 매머드가 복제된다면 멸종에 대한 의문도 풀리겠지요. 소리를 들을 수 없어 멸종의 길을 가야만 했던 프테로사우르스에 대한 수수께끼도 풀릴 날이 오겠지요.

이제 당신과 다시 만날 일은 없을 것입니다. 보험에 관계된 일은 모두 깔끔하게 처리되었으니까요. 여기, 이 기록은 사라진 동물을 복원하는 것에 비하면 거대한 프로젝트도 아닙니다. 그런데 나는 이 이야기를 복원해보고 싶었습니다.

열흘간 빈 사무실에 앉아 당신과 나의 목소리를 들었습니다. 그동안 운은 이웃집 여자의 젖가슴을 만지며 잠들었겠지요. 그 여자는 자기 아이라도 되는 양 행복한 눈빛으로 운을 바라봤겠지요. 집으로 데려오면 운은 말을 잃은 아이처럼 시무룩해집니다. 그래서 요즘엔 되도록 여자와 많은 시간을 보내게 놔둡니다. 말을 배워야 하는데 그 여자가 나보다 더 말을 잘 가르치거든요. 며칠 전, 운이 여자에게 뭔가를 말하는 모습을 창밖에서 바라봤어요. 소리가 들리지 않아서 운의 입술이 움직이는 모양을 보고 무슨 말을 하는지 짐작해봐야 했어요. 불현듯 그 꿈이 생각났어요. 형체는 보이지 않고 소리만 있는 꿈, 말입니다. 그 꿈 때문인지 모든 게 다행이라는 생각이 들었어요. 모든 소리가 슬픔으로 환원된다고 해도 소리를 잃어버리면 안 되겠지요. 소리를 잃으면 영혼은 어디에 머물겠습니까? 기억은 또 어떻게 되겠습니까? 운이 소리를 잃어버리지 않아서, 다행입니다.

16

당신과의 통화 기록을 뒤지고 기록하면서 이백여 년 전 조르주 퀴비에가 이런 기분이었을까, 상상하기도 했습니다. 까마득한 옛날이라고 생각했던 일이 바로 어제 일처럼 떠올랐습니다. 녹음된 당신의 목소리에서 익숙한 음색을 발견하기도 했습니다. 그리고 무엇보다 통화할 때는 그냥 흘려보내버린 당신 목소리에 묻은 감정을 예민하게 느낄 수 있었습니다. 이제 나는 제법 훌륭한 화석학자가 된 듯합니다. 1800년대 조르주 퀴비에가 프테로사우루스를 처음 복원할 때 기분이 이랬을까요? 그 광경을 지켜보고 있던 사람들의 경이로움이 이랬을까요?

그 모든 감정을 안겨줘서, 고맙습니다. 그것들이 결국 슬픔으로 환원된다고 해도.

당신이 하티를 만난다면

1

여행지에서 다섯 번쯤 우연히 만나면 자연스럽게 인사를 하게 되나 보다. 와타나베와는 그렇게 알게 된 사이였다. 정식으로 인사를 나눈 것은 포카라 레이크 사이드에 있는 '블랙 앤 화이트'에서였다. 그곳은 론리플래닛 한국어판에도 맛집으로 추천된 이탈리안 식당이었다. 식당 안으로 들어서려던 참이었는데 그때 구석 테이블에 있던 한 남자가 손을 들었다. 그는 파스타를 먹고 있었고, 혼자였다. 이미 카트만두에서 네 번이나 마주쳤지만 그냥 스치기만 했을 뿐 그때까지 이름은 몰랐다. 와타나베가 자연스럽게 손을 들어 먼저 인사를 했다.

나마스테!

2

카트만두 피시테일 도미토리에서 처음 그를 만났다. 그곳은 장기여행자들이 주로 머무는 아주 싼 숙소였다. 각 방엔 네 개의 침대가 놓여 있었다. 공동으로 사용하는 화장실과 샤워장은 복도 끝에 있었다. 덩치가 큰 에어컨이 벽에 붙어 있었지만 가장 낮은 온도를 설정해도 미지근한 바람만 나왔다. 언제 세탁했는지 모를 침대 시트와 찢어진 모기장이 쳐져 있는 그곳에서 나는 열흘을 보냈다. 랭이 아직 네팔에 있다면 장기여행자들이 이용하는 숙소에 있을 것이라고 생각했기 때문이었다.

그곳 공용 샤워장에서 와타나베와 마주쳤다. 샤워를 마치고 나오는데 누군가 샤워장 안으로 들어왔다. 수증기 때문에 시야가 희뿜한 상태였다. 순간, 좀비가 걸어 들어오는 줄 알았다. 뼈가 다 드러난 그의 몸과 허공을 걷는 듯한 걸음걸이, 한곳만 응시하는 시선까지 미드에서 본 좀비 이미지였다.

그는 그 도미토리를 잘 아는 사람처럼 행동했다. 미끄러운 샤워장 바닥으로 성큼 발을 내딛었다. 다섯 개의 샤워기 중 가장 물이 잘 나오는 두번째 샤워기도 서슴없이 선택했다. 그도 장기여행자로 분류할 만한 사람이란 걸 그때 짐작했다. 그 도미토리에서 만난 사람들은 대부분 최소한 몇 달, 길게는 몇 년 동안 여행 중인 사람들이었다. 그중 몇 명은 집을 떠나온 지 오 년이 넘은 사람들도 있었다.

처음 며칠 동안 그곳을 들락거리는 사람들에게 랭의 사진을 보여주며 동생을 찾고 있다고 했다. 그러나 성의를 가지고 사진을 들여다보는 사람은 없었다. 내가 사람을 찾고 있다는 말을 듣고 도미토리 사장은 사람을 찾으러 왔다면 일찍 포기하는 게 좋다고 했다. 네팔에서 흔적도 없이 사라진 사람은 수없이 많지만 찾았다는 소식을 듣진 못했다는 것이다. 사장은 나를 현관 앞으로 데려갔다. 현관 앞 벽에는 실종자를 찾는 포스터가 겹겹이 붙어 있었다.

와타나베와 두번째 마주친 곳은 타멜 거리에 있는 한국 식당이었다. 그 무렵 나는 랭을 찾는 일이 예상보다 길어질 거라는 걸 예감하고 한국으로 돌아갈까 말까 망설이며 하루하루를 보내고 있었다. 사람들을 만나면 자연스럽게 꺼내서 보여주던 랭의 사진을 좀처럼 꺼내지 않게 되었다. 누구를 찾으러 왔다기보다 나도 다른 여행자와 비슷하게 부유하고 있었다. 그대로 돌아가기에는 미련이 있었고, 랭을 찾을 만한 실

마리도 보이지 않았다.

와타나베는 벽을 마주보고 혼자 앉아 김치찌개를 먹고 있었다. 샤워장의 잔상이 남아 있었던 까닭인지 밥을 먹고 있는 그 모습마저도 좀 괴기스러워 보였다.

그리고 바로 그 다음날, 파슈파티 화장터에서 또 와타나베를 봤다. 그는 시체를 태우는 단 바로 앞에 서서 단 위를 올려다보고 있었다. 단 위에 시신이 놓여지고, 장작더미가 쌓아 올려졌다. 기름이 뿌려졌다. 염불 소리가 시작되면서 불길이 치솟았다. 살과 기름이 타는 매캐한 냄새가 진동했다. 역겨운 냄새에도 그는 아랑곳하지 않고 그 자리를 지켰다. 살이 다 타고, 뼈가 쌓였던 장작더미와 함께 무너져 내릴 때까지 그는 처음 자세로 서 있었다. 꼭 자기의 육신이 타는 것을 지켜보는 영혼처럼 보였다. 거기까지 상상하자, 온몸에 소름이 돋았다.

3

카트만두에서는 피시테일 도미토리에서 열흘, 숙소를 호텔로 옮겨 닷새 동안 지냈다. 그 보름이 내겐 아주 긴 시간이었다.

도미토리에 머문 지 일주일쯤 지났을 때였나. 네팔 국영 티브이에서 사십오 년 전 히말라야 원정 중 죽은 독일인의 시체가 발견되었다는 것을 떠들썩하게 보도했다. 나는 몇몇 사람들과 도미토리 식당에 둘러앉아 티브이를 보며 술을 마시고 있었다. 눈이 녹지 않았다면 그는 영원히 그 모습으로 묻혀 있었을 텐데 이제부터 썩기 시작할 게 아니냐고 누군가 말했다. 나는 히말라야 요기를 찾아갈 생각인데, 거기서 영원히 살 방법을 배울지도 몰라. 그럼, 토굴에 가야 만날 수 있는 거야? 그들은 지나가는 말처럼 가볍게 던졌다. 사라진 사람들 중 가장 불행한 이는 누군가에게 살해당한 경우야. 여행자들을 노린 강도 살인 사건이 종종 일어나잖아. 시체를 히말라야에 버리면 누가 알겠어? 부패한 정부에 부패한 경찰이 외국인의 죽음까지 조사할 여력이 있을까? 시체라도 마그마티강에 던져주는 게 최선일 거야. 그 강물은 갠지스강처럼 신성한 강이라고 하잖아. 윤회의 깊은 고리를 끊을 수 있는 강. 죽음을 앞둔 사람들은 일부러 마그마티강 근처에서 죽음을 기다리기도 하잖아. 하지만 아직 발견되지 않았다면 어딘가에서 잘살고 있으리라 믿는 것이 좋아. 짧은 여행을 계획하고 왔다가 눌러살게 된 경우도 있으니까. 저마다 사라진 사람들에 대해 한마디씩 거들었다.

장기여행자들에게 네팔은 천국이라고 했다. 태국의 카오산 거리도 물가가 비싸져서 이젠 네팔로 몰려온다는 것이다. 하루 1달러 정도면 잘 수 있는 도미토리가 있고, 싱싱한 야채와 버팔로 고기를 싸게 살 수 있고, 필요하다면 하시시나 대마초를 구할 수 있는 곳이 흔하지 않다는 것이 그들의 네팔 예찬론이었다.

실제로 도미토리에서 만난 사람들은 대부분 별다른 목적 없이 떠도는 사람들처럼 보였다. 그들은 늦은 밤까지 식당에 앉아 술과 대마초와 하시시에 취해 있었다. 그 취기는 사람들을 격앙시키거나 침울하게 만들었다. 큰 소리로 떠들거나 노래를 부르고, 춤을 췄다. 구석을 찾아 쪼그리고 앉아 우는 사람도 있었다. 그러다가 마음에 든 파트너를 만나면 섹스를 했다.

그러고는 다음날 느지막이 일어나 정오쯤엔 타멜 거리로 나가 식사를 하고, 오후엔 바자르나 왕궁 앞 광장을 기웃거리다가 다시 도미토리로 들어오는 생활을 반복했다. 그들은 서로에게 관심이 있었지만 또한 무관심했다. 하루에도 몇 명이 새로 들어오고, 또 몇 명은 떠났다. 그들에게 냄새나는 옷과 지저분한 침대는 여행의 일부였다. 포스터 속의 사람들처럼 어떤 방법으로 실종될까 선택하고 준비하는 사람들처럼 보였다면 너무 과장된 상상이었을까. 그들은 분명 여행자들이었는데 더 이상 여행자가 아니었다. 여행 도중 그 여행이 현실이 되어버린, 그래서 그들에게는 또 다른 의미의 여행이 필요한 사람들처럼 보였다. 밤마다 식당에서 의식처럼 행해지는 대마초와 하시시의 흡입은 그들에게는 또 다른 여행일지도 모른다는 생각이 들었다.

4

그즈음 나는 매일 인드라 초크 바자르에 들렀다. 분명히 그곳 소금상 누군가와 랭이 접촉했을 것이다. 거기서 어떤 실마리를 찾을 수 있으리라 기대를 걸고 있었다.

어느 날, 그 바자르에서 와타나베의 빨간 배낭이 눈에 띄었다. 몸집에 걸맞지 않게 그는 늘 큰 배낭을 메고 다녔다. 여행자들이 가는 곳이 비슷했기에 자주 마주치는 것은 당연한 일이었다. 하지만 와타나베와 나는 우연치고 너무 자주 만났다. 내가 잘 가는 소금 가게 앞이었다. 나는 그 가게 주인에게 한국으로 소금을 수입하고 싶다고 말을 해둔 상태였다. 그는 도매상을 소개시켜주겠다고 했고, 그 연락을 기다리는 중이었다. 와타나베는 소금을 싼 비닐 주머니를 손에 들고 있었다. 여느 때와 마찬가지로 그는 나를 스쳐 지나갔다. 그와 네번째 만남이었다. 그리고, 포카라에서 그를 다시 만난 것이다. 카트만두에서 버스로 일곱 시간이나 달려야 도착하는 그곳에서 다시 만난 것은 우연치고 기막힌 우연이었다.

5

와타나베는 자연스럽게 내게 같은 테이블에 앉기를 권했다. 특별히 거절할 이유도 없었기 때문에 그의 맞은편에 자리를 잡았다. 카트만두에서 본 그는 괴기스럽거나 혹은 뭔가에 홀린 듯한 모습이었다. 그는 어떤 것에도 관심이 없는 표정을 짓고 있었다. 그런데 포카라에서 다시 만난 그는 전혀 다른 사람처럼 보였다. 말쑥했고, 쾌활했고, 뭔가 정리된 느낌이었다.

나는 와타나베 켄입니다.

그가 한국말로 자기소개를 했다.

하티, 하티입니다.

나는 일본어로 말했다. 내 일본어 발음이 이상했는지, 아니면 하티라는 이름이 이상했는지 그가 웃었다.

하티?

와타나베는 자리에서 일어나 한 손으로 코를 잡고 코와 팔 사이에 다른 손을 집어넣으며 코끼리 코를 만들어 보였다. 그러고는 다시 물었다.

하티?

응, 하티.

나도 일어나 코끼리 흉내를 냈다.

네팔 여행 중 나는 '하티'라는 이름을 사용했다. 그것은 랭이 네팔에서 사라지기 전까지 사용한 이름이었다. 하티…… 한 달 남짓 사용한 이름인데 누가 이름을 물으면 하티, 라는 대답이 바로 튀어나왔다. 오히려 여권에 적힌 이름보다 하티, 가 진짜 내 이름 같았다.

한번은 타멜 거리를 걷는데 누군가 하티, 하고 뒤에서 부르는 소리가 들렸다. 나는 아주 자연스럽게 뒤를 돌아봤다. 라시를 파는 소녀가 손을 흔들며 서 있었다. 그 소녀에게 라시를 사 먹은 적이 있었는데 내 이름을 기억하고 있었던 것이다.

랭이 메일의 끝부분에 하티, 라는 이름을 써서 보낼 때는 그것이 '코끼리'를 의미하는 네팔어라는 것도 몰랐다. 라시를 팔던 그 소녀가 코끼리 흉내를 내는 것을 보고 알았다.

그러니까, 나는 하티를 찾으러 와서 또 다른 하티가 된 셈이었다.

주문을 받으러 온 식당 주인에게 와타나베는 나를 친구라고 소개했다. 식당 주인과 와타나베는 이미 잘 알고 있는 사이처럼 보였다. 이 식당이 포카라에서 음식도 맛있고 가격도 저렴하다면서 와타나베는 엄지손가락까지 추켜올렸다. 집은 요코하마. 도쿄에서 작은 무역회사를 다니다가 사표를 내고 여행을 왔다고 했다. 와타나베는 네팔과 북인도를 8개월째 여행 중이었다. 그는 카트만두의 번잡함이 싫으면 포카라로 넘어와서 일주일이나 열흘쯤 쉬다가 소나울리를 통해 인도로 들어간다고 했다. 바라나시나 자이푸르, 아그라 같은 북인도를 돌다가 다시 네팔로 돌아오기를 반복하고 있다고, 처음에는 한 달쯤 계획으로 여행을 왔는데 어쩌다 보니 시간이 마구 흘러버렸다고 했다. 그가 말한 곳은 랭의 메일에서 보았던 지명들이었다. 랭과 비슷한 구역을 떠돌고 있다는 것에 흥미가 생겼다.

와타나베와 나의 다섯번째 만남은 이렇게 좀 어수선하게 시작됐다.

6

장기여행자들 틈에 더 머물다가는 나도 집으로 돌아갈 수 없을 것만 같아 불안했다. 피시테일 도미토리에서는 꿈을 꿔도 꼭 길을 찾지 못해 헤매는 것들이었다. 너무 자유로워서 불안한 그런 꿈이었다.

호텔로 숙소를 옮겼지만 여전히 나는 불안했고, 잠을 잘 수 없었다. 불면엔 밤새 계속되는 빗소리도 한몫했다. 도미토리에서는 사람들의 소리와 에어컨 돌아가는 소리 때문에 밤새 비가 그렇게 많이 내린 줄 몰랐다.

자정 무렵 시작된 비는 온 세상을 물로 심판할 것처럼 퍼부었다. 날이 밝으면 땅 위의 것들은 모두 물위에 둥둥 떠 있을 것만 같았다. 틀이 잘 맞지 않은 창문 틈으로 빗물이 튀어 들어왔다. 모로 누우면 빗물이 발끝에 차갑게 와 닿았다. 몸을 이리저리 굴리며 노아의 방주 속 짐승처럼 비가 멎기만을 기다렸다. 새벽 무렵, 창이 희붐해지면 빗소리가 잦아들었다. 그리고 언제 비가 내렸냐는 듯 햇살이 비쳤다. 그제야 까무룩 잠이 들었다. 네팔의 몬순은 그랬다.

몬순에 여행을 오면서 나는 몬순에 대해 너무 모르고 있었다. 학교에서 배운 것이 전부였다. 건기에는 비가 오지 않아서 건조하고, 몬순에는 비가 많이 내린다는 정도. 랭을 찾으러 왔지만 랭에 대해 아는 것이 없다는 것을 네팔에 와서 알았다. 고작해야 그가 네팔 여행 중 보낸 이메일 몇 통이 행적을 추적할 만한 단서의 전부였다. 그가 소금을 수입하기 위해 네팔에 갔다는 것, 소금 도매상에게 가지고 간 돈의 대부분을 사기를 당했다는 것 정도.

불면 때문이라는 핑계는 있었지만 나도 어느덧 장기여행자들의 생활 방식대로 살고 있었다. 오전엔 잠을 자고, 점심때쯤 아침 겸 점심 식사를 했다. 처음엔 여행 안내책에 나온 맛집을 찾아다니다가 나중엔 그것도 귀찮아 타멜 거리의 한국 식당만 이용했다.

오후에는 바자르에 들러 소금을 샀다. 매일 다른 소금 가게를 돌며 조금씩 사 모았다. 카트만두 시내 이곳저곳을 기웃거리다가 적당한 곳에서 저녁 식사를 했다. 바나나, 망고, 찹쌀도넛 같은 간식거리를 사 들고 숙소로 돌아왔다. 책을 보기엔 조명이 너무 피로했다. 티브이를 켰다. 티브이 소리는 그냥 음향 같은 것이었다. 침대에 누워 소금 알갱이 몇 개를 입에 넣었다. 천장에 달린 커다란 팬이 돌아가는 것을 쳐다보며, 도마뱀이 몇 마리쯤 붙어 있나 헤아리며, 입안에서 조금씩 소금을 녹였다. 옅은 짠맛이 진한 짠맛으로 변해갔다. 짠맛이 강할수록 히말라야 소금 특유의 비린 맛도 강해졌다. 입에서 목으로, 다시 목에서 식도를 타고 짠맛이 흘러 들어갔다. 히말라야가 지구상에서 가장 낮은 바다였을 때, 상상할 수 없는 아주 오래전 만들어진 소금이 내장을 서서히 훑고 내려갔다.

7

우리는 영어, 한국어, 일본어, 어느 하나로도 제대로 소통할 수 없었다. 그런데도 세 언어를 섞어가며 대화를 이어갔다. 이미 빈 맥주병이 테이블 위에 가득했다. 와타나베도 나도 점점 취해가고 있었다. 만난 지 몇 시간 만에 우린 친구가 되어 있었다. 카트만두에서 본 몽환적인 와타나베와 확실히 달랐다. 그는 사교적이고 현실적이고 냉철해 보이기까지 했다. 비가 내리기 시작했다. 밤마다 내리던 비는 포카라도 예외는 아닌 모양이었다. 왠지 네팔에 와서 지독한 몬순을 경험하고 있다는 기분이 들었다.

그때 왜 테이블 위에 랭의 사진을 꺼냈는지 알 수 없다. 바자르의 소금 가게 주인이 소개시켜주기로 한 도매상은 얼굴을 드러내지 않았다. 한국과는 이미 독점으로 계약이 되어 있어서 이중 계약을 할 수 없다는 말만 소금 가게 주인이 전했을 뿐이었다. 랭을 찾을 수 있는 마지막 끈을 그 소금 도매상이 쥐고 있었는데 그 끈을 잡을 수 없게 되었다. 그때부터 랭을 찾는 것을 포기했다. 그리고 짐을 싸서 포카라로 갔다. 거기서 며칠 쉬었다가 한국으로 돌아갈 생각이었다.

자세히 사진을 들여다본 와타나베는 카트만두에서처럼 괴기스러운 표정으로 나를 쳐다봤다.

이 친구 소금 사러 네팔에 왔지?

와타나베의 그 말에 술이 확 깬 듯했다. 그는 랭에 대해 뭘 알고 있는 것 같았다. 그의 흐릿하던 눈동자가 한순간 선명해지는 걸 봤다.

그걸, 어떻게 알았어?

아, 도미토리 사람들이 그렇게 말하는 걸 들었어.

그러더니 그가 배낭에서 뭔가를 꺼냈다. 소금이었다. 연보랏빛의 히말라야 소금이었다.

이거?

그는 내 앞으로 소금 덩어리를 내밀었다. 그러면서 그는 소금 알갱이 몇 개를 입안에 털어 넣었다. 내게도 내밀었다.

네팔에서는 매일 조금씩 소금을 먹어야 해. 그렇지 않으면 이 습하고 무더운 날씨를 어떻게 견디겠어.

나는 그의 표정을 살피며 입안에 소금을 털어 넣었다. 술을 마실수록 와타나베는 카트만두에서 보았던 비현실적인 모습으로 돌아가고 있었다. 혼자 호텔방에 누워 녹여 먹던 소금 맛과 비슷했다. 짜고 그리고 비렸다. 네팔 몬순의 비린내와 어딘지 비슷했다.

내 동생 랭은 이걸 한국에 수입하려고 했어, 아, 녀석은 북인도에서 공부했거든. 거기서 사람들이 히말라야 소금을 먹는 걸 봤나 봐. 바다 소금보다 깨끗하고 미네랄도 많이 들어있어서 잘 정제하면 비싼 가격에 팔 수 있다고 했어. 아버지를 설득해서 돈을 받아 네팔로 갔는데 사라졌어.

사라졌어. 사라졌어. 사라졌어.

그는 '사라졌어'라는 말만 몇 번이고 반복하며 읊조렸다. 길게 설명한 앞부분은 못 알아듣고, '사라졌어'라는 말만 알아들은 듯했다. 그는 잔에 남은 맥주를 한꺼번에 다 털어 마셨다.

응. 사라졌어.

사라졌다고 말하면서도 어쩐지 나는 랭이 사라졌다는 것을 인정하고 있지 않은 듯했다. 사라졌다고 말하면서, 다 포기했다면서, 그래도 아직 뭔가 더 할 일이 남아 있는 것 같았다.

갑자기 빗줄기가 거세졌다.

8

무작정 랭을 찾아 나선 것은 처음부터 좀 무모했다. 그것도 네팔의 몬순이 사람을 지치게 할 줄 알았다면 그렇게 무모하게 나서지는 않았을 것이다. 꼬리를 자르고 달아난 도마뱀을 뒤쫓아가는 느낌이었다. 달아난 도마뱀의 꼬리를 붙잡고 놈이 어느 곳에 숨었는지 알아내야만 하는데 이 게임은 설정 자체가 나에게 불리했다. 시간이 갈수록 그런 생각이 들었다. 문제는 나도 모르게 이 게임 속으로 빠져들었다는 점이다. 이미 랭을 찾아 길을 나섰으니까.

벌써 이 년 전부터 랭은 행방불명자로 분류되었다. 여행 중 가끔 보내오던 이메일이 끊어진 지는 그보다 더 오래되었다.

그가 마지막으로 메일을 보낸 곳은 네팔과 인도의 국경 도시 소나울리였다. 그는 인도로 넘어갔다가 다시 네팔로 돌아올 거라고 했다. 소금 대금 일부를 지불했는데 도매업자가 인도로 잠적해버렸다고 했다. 그 사람을 찾으러 간다고. 거기서부터 그의 행방에 대한 어떤 추적도 불가능했다.

아버지와 나, 그리고 랭. 서로는 각자의 자리를 잘 지키고 있었다. 탄성 없는 줄로 이어진 삼각형처럼 셋은 늘 일정한 거리와 긴장을 유지하고 있었다. 아버지는 생의 마지막 순간까지 랭을 기다렸다. 아버지는 나름대로 그를 찾았던 것 같다. 갑작스런 아버지의 죽음으로 이 균형이 깨져버렸다. 랭이 네팔에서 돌아오지 않았어도 내 의식 속엔 그가 삼각형의 한 꼭짓점으로 자리 잡고 있었다. 랭과 내가 거리를 유지할 수 있었던 것은 아버지가 있었기에 가능했던 일이었다. 그런데 균형이 무너져버린 것이다. 한번 그런 생각이 들자 걷잡을 수 없었다. 랭이 살아 있다면 어떻게든 그를 찾아 새로운 도형을 만들어야 했다.

랭도 엄연히 아버지의 자식이었다. 하지만 나는 그를 동생으로, 그도 나를 형으로 인정한 적이 없었다. 그가 가족 행사에 가끔 얼굴을 내비쳤지만 우린 형식적인 인사를 나눴을 뿐이었다. 랭은 법적으로는 내 동생이었지만 나랑 엄마가 달랐다. 그는 그를 낳아준 엄마랑 살았다. 그의 엄마가 죽고 집에 들어와 살 기회가 있었지만 그는 아버지를 설득해서 인도로 유학을 떠났다.

네팔에서 이메일을 보낸 것은 순전히 아버지의 강요 때문이었다. 소금 수입 자금을 대주는 대신 나를 형으로 인정하라는 조건이 있었다. 그는 보고서를 쓰듯 내게 이메일을 보냈다. 날짜와 장소를 정확하게 기록하고, 일이 진행되는 과정도 자세히 적어 보냈다. 하지만 여행의 감상 따위는 없었다. 랭이 네팔에 왔을 때도 밤마다 비가 내렸을 텐데도 그의 메일 어디에도 비에 대한 언급은 없었다. 네팔의 몬순은 견디기 어렵다는 말은 없었다.

9

'블랙 앤 화이트'에서 술값은 내가 지불했다. 거기까진 기억났다. 하지만 와타나베와 어떻게 헤어졌는지는, 숙소까지 어떻게 왔는지는 알 수 없었다. 그 다음날 와타나베가 내가 묵고 있는 숙소로 찾아왔다. 트레킹 루트는 물론이고 가이드와 포터도 다 구해놨다는 것이다. 취기에 트레킹을 함께하기로 약속을 한 모양이었다.

그제야 어렴풋이 생각나는 얘기가 있었다. 말디히말 루트에 한국인이 운영하는 롯지가 하나 있다고 했다. 포레스트 캠프 근처인데 그 한국인이 내가 찾고 있는 동생일지도 모른다는 식당 주인의 말에 솔깃해졌다. 그 한국인이 소금 장사를 해보고 싶다는 소문도 있다는 것이다. 하지만 롯지의 한국인은 동생보다 나이가 많아 보였다. 그가 내가 찾는 랭일 리는 없었지만 트레킹을 가자고 했다. 어느 정도는 취기 때문이었다. 나는 모처럼 마음 편하게 취해 있었다. 또, 그 순간에는 거기라도 올라가서 한국인을 만나지 않으면 내가 네팔을 헤매고 다닌 모든 시간들이 헛된 시간들이 될 것 같았다. 아마 난 울먹였던 것 같다. 한 번도 동생이라고 인정하지 않았는데 그를 찾으려고 매일 밤 축축한 곰팡내와 빗소리를 견디며 네팔을 헤매고 있는 나 자신이 불쌍해서 테이블에 머리를 대고 울었었다.

비수기라 아주 싼 가격에 흥정을 했다고, 고산병을 염려해서 3000미터까지만 올라갈 것이라고 와타나베가 말했다. 그가 이끄는 대로 트레킹 중고용품점에 가서 등산화와 우의, 침낭, 스틱을 샀다. 그렇게 계획에 없던 트레킹을 하게 됐다. 트레킹을 떠나기 전날 밤에는 약간 설레기도 했다. 그 한국인을 꼭 만나고 싶어졌다. 그가 랭이 아니라고 해도 랭을 찾기 위해 히말라야를 헤매고 다녔다는 흔적을 남기기 위해서.

트레킹 체크포스트에서 도장을 받았다. 입구에 세워진 안내 지도를 보며 우리가 가야 할 루트에 대해 간단한 설명도 들었다. 안나푸르나의 영봉들을 바라보며 올라가는 말디히말 루트라고 했다. 관광 상품처럼 트레커들이 기간만 정하면 이미 정해져 있는 루트 중 하나를 선택하도록 되어 있는 모양이었다. 5박 6일. 나로서는 좀 긴 일정이었다. 한국인이 운영한다는 그 롯지로 가는 길은 이 루트밖에 없다고 했다. 취한 상태에서 했던 약속이지만 모든 걸 와타나베에게 맡기기로 했으니 다른 이유를 붙일 수가 없었다.

어차피 일주일 더 네팔에 머문다고 해서 달라질 것은 없었다. 와타나베처럼 나의 여행도 계획보다 많이 길어지고 있었다. 어느 날부턴가는 한국을 떠나온 지 얼마나 되었는지 헤아리지 않게 되었다. 솔직히 말하자면, 그즈음엔 그대로 여행자처럼 평생을 사는 것도 나쁘지 않을 것 같다는 생각이 들곤 했다. 꼭 이루어야 할 목표도 없고, 도달해야 할 지점도 없는 흘러가는 삶에 이미 젖어들고 있었다.

가이드 한 명, 포터 두 명, 와타나베, 나. 이렇게 다섯 명의 트레킹이 시작되었다. 한국어도 좀 할 줄 아는 가이드를 구하는 게 힘들었다며 와타나베가 올라가며 자랑을 했다. 가이드 쿠말은 한국 여행자를 안내해본 경험이 많아서 간단한 한국말을 할 줄 알았다.

땅은 질척거렸다. 포터 두 명은 앞서 올라갔다. 일행들이 점심을 먹을 지점까지 먼저 가서 식사 준비를 할 모양이었다. 가이드와 포터의 임무는 정확하게 나뉘어 있었다. 포터는 말 그대로 짐을 지고 올라갔다. 거기엔 일행이 5박 6일 동안 먹을 음식의 재료들도 포함되어 있었다. 식사를 준비하는 것도 포터 일이었다. 가이드는 트레커들이 안전하게 산에 오르게 하는 것이 주요 임무였다. 실질적인 책임자였다.

빗물은 계곡으로만 흐르지 않고 간혹 등산로를 가로질러 흐르기도 했다. 처음엔 등산화와 양말이 젖지 않게 조심스럽게 건넜다. 하지만 한 번 발목까지 차오르는 물에 양말까지 젖은 다음부터는 그냥 물속을 첨벙거리며 지나갔다. 하티, 안돼. 가이드 쿠말이 등산화를 가리켰다. 하지만 뭐가 안 된다는 건지는 알 수 없었다. 등산화가 젖는 게 아깝다는 말인가. 어차피 트레킹이 끝나면 등산화는 중고용품점에 되팔든지 버릴 것이었기에 쿠말의 말에 별로 신경 쓰지 않았다.

띄엄띄엄 농가가 나타났다. 지붕도 낮고, 문도 작고, 허름했다. 옥수수밭도 지나고, 파인애플 나무도 지났다. 앞사람만 보고 걸었다. 내가 오르고 있는 산이 낮은 산인지 높은 산인지 알 수 없었다. 가끔 멈춰 서서 지나온 곳을 내려다보면 점점 높이 올라가고 있다는 걸 알 수 있었다. 책가방을 멘 아이들이 지나가며 손을 흔들었다.

랄리구라스 숲을 지나는데 양말 속이 참을 수 없게 따끔거렸다. 마을이 끝나는 지점부터 양말 속이 이상했는데 무시하고 한참을 걸었었다. 양말을 벗은 순간 놀라서 소리를 지르고 말았다.

아악! 오른쪽 발목에 배가 잔뜩 부른 거머리가 붙어 있었다. 피를 얼마나 많이 빨아 먹었는지 온몸이 풍선처럼 부풀어 있었다. 스틱으로 떼어내려고 했지만 떨어지지 않았다. 몇 번의 시도 끝에 떼어내긴 했다. 하지만 거머리는 두 마리나 더 있었다. 이번엔 무릎 근처였다. 물을 건널 때 쿠말은 거머리를 조심하라고 했던 것이다.

그때 히죽히죽 웃으며 와타나베가 작은 주머니 하나를 내밀었다. 그러고 보니 그의 등산화에 똑같은 게 매달려 있다.

시오.

소금? 소금 주머니?

소금과 거머리가 무슨 상관이 있는지 연결이 안 됐다. 와타나베는 소금 주머니로 거머리를 물리치는 흉내를 냈다. 무릎 근처에 있던 거머리에게 소금 주머니를 갖다 대자 땅에 떨어져 비실거린다. 스틱으로 떼어낼 땐 힘들었는데 신기했다. 소금 주머니 때문에 와타나베는 거머리로부터 무사할 수 있었던 것이다.

와타나베, 산에 오르기 전엔 왜 안 준 거지?

난 거머리에게 헌혈할 피가 없어.

와타나베는 티셔츠를 들어올려 앙상한 몸을 보여주며 장난스럽게 웃었다. 그때 쿠말이 갑자기 내 발을 가리키며 거머리, 거머리, 하며 소리쳤다. 놀라서 발을 동동거렸다. 쿠말과 와타나베가 큰 소리로 웃었다. 쿠말의 장난이었다.

거머리는 한 번 피를 빨아 먹으면 일 년 동안 아무것도 먹지 않고 살 수 있다고 쿠말이 말했다. 그리고 일 년에 새끼를 천 마리쯤 낳는다고.

배낭에서 소금을 꺼냈다. 카트만두 바자르에서 사 모은 것이었다. 좀 무거웠지만 한국까지 가지고 가려고 비닐에 싸서 보관하고 있었다. 소금을 보고 와타나베와 쿠말이 "굿, 굿"을 연발했다.

정글 코스를 지나는 3일 동안 거머리를 막기 위해 소금을 뿌렸다. 거머리로부터 조금은 자유로울 수 있었다. 하지만 간혹 나뭇잎에 있던 거머리가 목덜미를 타고 들어오기는 했다. 거머리에 온 신경이 곤두선 탓인지 그 높은 산을 오르면서 다리가 아프다는 생각은 하지 못했다. 몬순에 사람들이 히말라야 트레킹을 하지 않는 이유가 거머리 때문이라는 것을, 비수기에 트레킹을 알선하면 성수기보다 그 수수료가 많다는 것을, 와타나베가 부족한 여행 경비를 이런 식으로 챙긴다는 것을, 나중에 포카라에 돌아가서 알았다.

마차푸차레, 강가푸르나, 안나푸르나, 칼리단다, 람중히말…… 쉴 때마다 멀리 보이는 봉우리들의 이름을 쿠말이 가르쳐줬다. 우리가 서 있는 곳이 얼마나 높은지는 마주보이는 봉우리들의 모습을 보고 알 수 있었다. 내가 서 있는 이 산과 건너편 저 산들은 가깝지 않았지만 한 산맥으로 이어져 있었다. 산들을 보면서 나는 랭과 나를 생각하고 있었다.

트레킹 2일째 밤부터는 별을 볼 수 있었다. 바람까지 건들건들 불었다. 신기한 일이었다. 카트만두나 포카라에서 밤이면 내리던 지긋지긋한 비가 이곳은 내리지 않았다. 별들은 바로 머리 위에 떠 있었다. 포터들은 저녁 식사 뒷정리를 마치고 일찍 잠자리에 들었다. 와타나베와 쿠말과 나는 고개가 아프도록 별들을 쳐다봤다.

쿠말은 가이드였던 아버지를 따라 어릴 때부터 포터로 일을 했다고 한다. 뇌졸중으로 아버지가 쓰러진 후 자신이 가족을 책임지고 있다고. 가장 친한 친구가 작년에 안나푸르나 원정대 셰르파로 따라갔다가 돌아오지 않았다고 했다. 그런 일은 심심찮게 일어나서 가이드라는 직업을 가진 남자가 여자들에게는 별로 인기가 없다고 했다.

쿠말이 들려준 얘기 중 가장 기억에 남는 것은 전설처럼 전해 내려오는 설인(雪人)에 대한 것이었다. 나는 설인을 괴물 정도로만 생각하고 있었다. 그런데 쿠말의 말은 좀 달랐다. 온몸이 털로 덮인 반인반수(半人半獸), 예티. 오랫동안 산에 오른 가이드들은 대부분 그 존재를 믿는다는 것이다. 뒷모습은 잿빛 털을 가진 곰처럼 보이는데 앞은 사람과 더 흡사하다고 했다. 어릴 때 아버지로부터 예티 얘기를 처음 들었는데 쿠말의 아버지는 직접 예티를 본 적이 있다는 것이다. 가이드들의 목격담은 몇 가지 공통점이 있다고 한다. 얘기들을 모아보면 예티는 기압이 낮아지는 3000미터 부근에서 주로 많이 활동하고 있다는 것이다. 아주 큰 발자국이 남아 있고, 짐승들이 갈기갈기 찢겨진 채 발견되었다면 틀림없는 예티의 소행이라는 것이다. 그렇게 높은 곳에 몸집이 큰 다른 짐승들은 살 수 없다는 것이 쿠말의 설명이었다. 간혹 사람도 잔인하게 찢겨진 채 발견된다고 했다. 그때 사람의 사체를 보면, 뭐라 설명할 수 없지만 직감적으로 비슷한 종족에 의해 살해되었다는 것을 알 수 있다는 것이다. 쿠말의 이야기를 듣다 보니 별들이 갑자기 쏟아질 것 같아 무서웠다. 공기도 스산해졌다.

한국인이 운영한다는 롯지는 문이 닫혀 있었다. 비수기인 몬순 때만 닫은 것인지 아예 폐쇄된 것인지 알 수 없었다. 문 앞에 핸드폰 번호가 적혀 있었다. 쿠말이 전화를 하려고 했다. 그러나 나는 그럴 필요 없다고 손을 내저었다. 트레킹의 목적이 그 롯지에 사는 한국인을 만나는 것이었지만 정작 그 곳에 이르러서 모든 게 흐지부지되고 말았다. 먼 이국까지 와서 그것도 2700미터 오지에 산다는 한국인의 사연이 궁금했다. 그가 랭이 아니더라도 그 사람을 만나면, 랭을 조금은 이해할 수 있을 것만 같았다. 그런데 산에 오르는 동안 궁금증이 다 사라지고 없었다. 랭을 찾으러 네팔에 와서 도미토리에서 만나는 사람마다 사진을 내밀고 소금 가게를 전전하던 내가 어느 순간부터 네팔에 온 이유를 잊고 한동안 떠돌고 있는 것처럼.

격정적이고 절실한 감정들이 어느 시간을 지나며 사그라들듯, 이미 아무것도 남아 있지 않았다.

10

네팔을 떠나온 뒤에도 한동안 나는 여행자처럼 지냈다. 아무 목적 없이 하루를 살고, 이유 없이 낯선 곳을 돌아다녔다. 이따금 그 비릿한 히말라야 소금 맛이 그리웠다. 그리고 아주 가끔 억수같이 퍼붓던 빗소리가 환청으로 들렸다.

도시의 야경을 내려다볼 때면 해발 3000미터에서 보았던 하늘 가득한 별들이 떠올랐다. 하늘의 별들을 흉내 내려고 인간들은 모여 불을 밝히고 있는 것이 아닌가, 라는 엉뚱한 생각도 가끔 들었다. 쿠말의 말이 사실이라면, 내 피를 빨아 먹었던 거머리는 천 마리쯤 새끼를 길러내서 또 다른 트레커의 피를 기다리고 있을 것이다.

쿠말의 가족 이야기나 친구의 안타까운 사연이나 무시무시한 예티 얘기도 모두 트레킹의 흥미를 위해 준비된 것들이었던 것 같다. 아마 지금쯤 쿠말은 똑같은 얘기를 다른 트레커들에게 들려주고 있을지도 모른다.

무엇보다 와타나베는 무사히 일상으로 돌아갔을까, 궁금했다. 한국에 돌아온 몇 달 후, 와타나베로부터 메일을 받은 적이 있다. 그는 비자 연장을 위해 인도 바라나시에 머물고 있다고 했다. 매일 갠지스 강가를 어슬렁거린다고 했다. 미처 다 타지 않은 시체의 살점을 뜯어 먹는 개 떼들 얘기도 있었다. 그도 떠도는 하티처럼 점점 돌아오기 어려운 길을 가고 있는 것만 같았다.

그리고, 무엇보다, 랭에 대해, 사라져버린 사람들에 대해 생각했다.

그들이 무슨 이유로 사라졌든 아직 일상으로 돌아오지 않았으니까 그들은 여전히 여행자들이다. 좀 긴 여행자로 남아 있다. 그중에 랭이 있다. 아니, 하티가 있다. 그가 상상했던 것보다 세상은 신기한 일로 가득했던 것일까. 흥미로운 것들을 만나 따라가다 보니 얼마나 시간이 흘러버렸는지 알지 못한 걸까. 여행이 너무 길어졌다는 걸 알아차린 순간에는 돌아오는 방법이 생각나지 않았을지도 모른다. 아니면, 돌아오려고 해도 이미 돌아갈 출구가 닫혀버렸을지도.

만약 이 글을 읽는 사람 중에 '하티'라고 자신을 소개라는 사람을 만난다면 아래 이메일로 연락을 부탁한다.

hati-hati@gmail.com

그가 히말라야의 소금을 찾고 있다면, 혹은 소금값을 흥정하고 있다면 아직도 여행 중인 나의 동생 랭, 아니 여행자 하티를 만난 것이다. 긴 사연을 보내지 않아도 된다. 나는 그가 여전히 여행 중이라는 것만 확인하면 된다. 그뿐이다.

거미, 혹은 어떤……

1

루이가 그 소식을 들은 것은 상하이에 머물고 있을 때였다. 그날, 상하이는 아침부터 비가 내리고 있었다. 마리가 죽었다는 소식을 듣기 직전까지 루이는 리팅팅, 자오 나, 리샤안, 장위령, 자오 위, 쓰 치아오, 쉐 취아오, 멍 야, 위 챵 같은 이름을 가진 여자들의 머리를 자르고 있었다. 전화가 온 것은 샤오 레이의 머리를 자르고 있을 때였다. 샤오 레이는 한국 잡지에서 찢어 온 화보를 내밀었고, 중국어로 뭐라고 말했다. 그 스타일대로 해달라고 하네요. 뒤에 서 있던 통역이 말했다. 약간 긴 단발이었다. 루이의 가위는 주저 없이 그녀의 뒷

머리를 잘랐다.

서울에서 급한 전화가 왔다는 말이 전해진 건 바로 그때였다. 샤오 레이의 옆머리는 아직 자르지 않은 상태였다. 루이는 샤오 레이에게 미안하다는 말을 하고 1층으로 내려갔다. 계단을 내려가며 마리의 전화일지도 모른다고 잠깐 생각했다. 마리가 매우 불안정한 상태라는 것을 그와 함께 근무하는 친구에게서 들은 것이 며칠 전이었다.

서울 본점의 홀 매니저였다. 마리 선생님께서 돌아가셨다고 합니다. 오피스텔에서…… 오늘 출근을 안 하셔서 오피스텔로 막내를 보냈는데…… 어쩌다가? 자세히 좀 말해봐. 지금 경찰이 와서 조사 중이긴 한데…… 선생님, 오실 거죠? 그녀도 충격을 받은 듯 얘기들이 띄엄띄엄 끊어졌다. 으응. 전화를 끊고 루이는 잠시 멍하니 서 있었다.

샤오 레이 양에게 5분만 기다려달라고 해줘. 통역에게 이렇게 말한 루이는 1층과 2층 사이에 있는 휴게실로 갔다. 간식을 먹고 있던 중국인 인턴 두 명이 밖으로 나갔다. 빗줄기는 아침보다 더 굵어져 있었다. 담배 한 개비가 있었으면 좋겠다고 생각했다. 이럴 때 마리가 옆에 있었다면 불붙인 담배를 건네줬을 것이다. 사람들은 마리가 까다롭고 쌀쌀하다고 했다. 하지만 루이에게 마리는 그런 여자였다. 루이가 생각한 것을 읽고, 때론 생각지 못한 것까지 알아채서 그것을 채워주던.

멀리 구름 위에 떠 있는 듯 빌딩들이 보였다. 그 아래 어디쯤 상하이 분점 광고판이 걸려 있을 것이다. 광고판에는 풍성한 금발을 커트하는 루이의 손이 있다. 생각해보니 상하이에 분점을 내고 마리를 만난 적이 한 번도 없었다. 이따금 마리가 '좋은 아침!' 하며 문자메시지를 보내면 답을 해주는 정도였다. 루이에겐 친절히 그 인사를 받아줄 여유가 없었다. 서울에서의 스케줄도 빡빡했고, 상하이 분점을 오픈하고부터는 일주일에 한 번 상하이로 날아와야 했다. 예약 손님이 15분, 20분 간격으로 꽉 차 있었다. 비행기 안에서 예약자의 이름을 외웠다. 리 펑, 리 지안, 위 창, 쉐 취아오…… 서툰 발음으로 낯선 이름을 불렀다. 이곳 상류층 여자들에게 루이는 이미 유명 인사가 되었고, 루이의 미용실을 드나드는 것은 상하이에서는 세련됨의 상징이었다. 루이에게 머리를 자르려고 몇 달 전부터 예약을 했고, 기다렸다. 그러는 사이 마리와 점점 멀어졌다. 만남이 뜸해졌다. 이제 막 들은 소식, 마리가 죽었다는 소식이 몇 달 만에 들은 그녀의 소식이었다.

창밖을 보고 있던 루이가 갑자기 기침을 했다. 요즘 들어서 부쩍 기침이 잦아졌다. 통역이 뛰어왔다. 손을 들어 괜찮다는 신호를 보냈다. 저녁 7시 좌석이 있는데, 예약할까요? 눈치 빠른 통역은 벌써 비행기까지 알아본 모양이었다. 고개를 끄덕이며 루이는 통역 몰래 손바닥을 움켜쥐었다. 끈적끈적한 뭔가가 잡혔다. 역시나 거미줄 더미였다. 루이가 거미줄을 쏟아낸다는 것을 아는 사람은 아무도 없었다. 어쩌면 통역은 알고 있는데 모른 척하고 있는지도 몰랐다. 공항에 마중 나왔을 때, 택시 안에서 루이는 몇 번 기침을 했다. 그때 뭔가 이상하다고 느꼈을지도. 하지만 머리가 좋은 놈이니까 쓸데없는 소문을 퍼뜨릴 바보는 아니라고 루이는 생각했다.

그때까지 루이는 내가 그의 몸속에 살고 있는 것을 모르는 것 같았다. 미리 말하지만 비극적인 일들은 모두 루이가 너무 예민하게 굴었던 탓이다.

2

내가 루이 몸에 들어가 살게 된 것은 우연한 일이다. 이 우연이라는 것은 루이가 좋아하는 설명 방법이다. 아버지로부터 루이는 이 세상의 질서에 대해 많은 얘기를 들으며 컸다. 모든 것은 규칙과 질서에 따라 움직이고 있으며 따라서 언제나 루이도 그 안에서 움직여야 한다는 것이었다. 저 돌멩이 하나에도 우주의 질서가 있는 법이라고. 아버지는 발끝에 걸린 돌멩이를 세게 차며 말하기도 했다. 그다음부터 루이는 발부리에 걸린 돌멩이를 유심히 봤다. 정말 거기 무슨 질서가 있기라도 한 것처럼 말이다. 하지만 루이는 거기에서 아무것도 찾을 수 없었다. 루이 눈엔 세상은 그저 우연뿐이었다. 철이 들면서 루이는 아버지뿐만 아니라 모든 것을 규칙으로 설명하고, 필연으로 몰고 가는 사람들의 말을 의심하기 시작했다. 심지어 거기엔 어떤 음모가 있지 않은가 생각하기도 했다.

나는 루이 말에 동의한다. 그들이 믿는 대로 규칙에 의해 세상이 돌아가고 우연으로 보이는 일들 뒤에 필연이 숨겨져 있다면 내가 어떻게 루이 몸속에 살게 됐는지 설명할 수 있어야 한다. 안타깝게도 아무도 그것을 설명하지 못했다. 아직도 루이 몸안에 내가 버젓이 살아 있음에도 불구하고 말이다.

내가 루이의 몸에 들어갈 만한 몇 가지 의심스러운 사건들이 있긴 했다. 최초의 사건은 루이가 아홉 살 되던 해 가을, 그의 아파트 베란다에서 일어났다. 그는 베란다에 쭈그리고 앉아 아이스크림을 먹고 있었다. 그때 루이가 살던 아파트는 베란다가 놀이터처럼 꾸며져 있었다. 놀이터라고 했지만 타일 위에 고무 블록을 깔고 동화책이 꽂힌 책꽂이와 작은 미끄럼틀을 놓은 게 전부였다. 티브이에서 앞 베란다를 놀이터처럼 꾸며놓는 것이 소개된 후 그렇게 꾸미는 것이 유행이던 시절이었다. 아이스크림을 다 먹어갈 즈음 유리문 밖에서 뭔가 반짝했다. 거미줄이었다. 베란다 난간 끝을 의지해 만들어진 거미줄은 루이 눈에 마치 허공에 떠 있는 것처럼 보였다. 바람이 불고 빈 거미줄이 출렁거렸다. 흔들리던 거미줄이 햇살에 반사되어 빛을 냈다. 거미줄이 황금빛이 되었다가 다시 거미줄로 되돌아간 것은 아주 짧은 시간이었다. 눈을 깜박거리는 시간 정도.

루이는 거미줄이 황금색으로 변하는 것이 다시 보고 싶었다. 가을볕은 따뜻했고 기다림이 길어졌다. 쏟아지는 졸음을 이기지 못한 루이는 잠이 들고 말았다. 분명 꿈이었고, 코끼리가 나타났다. 꿈속에서도 그것이 꿈이라는 것을 루이는 알아차렸다. 그런데 코끼리를 보고 있는 것은 꿈속의 루이인데 루이의 귀에서 진짜 코끼리 발자국 소리가 들리는 것이 아닌가. 어린 루이는 빨리 잠에서 깨어나야 한다고 생각했던 것 같다. 귓속의 코끼리를 꺼내야 했다. 부스스 일어나 고개를 왼쪽으로 오른쪽으로 흔들었다. 곧 소리는 멈췄고, 선명하게 보였던 코끼리도 사라졌다. 그때 베란다 난간에 아슬아슬하게 거미줄을 지었던 거미가 우연히 루이 귀로 들어왔던 걸까. 우연이라면 설명하지 못할 얘기는 없으니까.

루이가 처음 술을 마시던 날도 의심스럽기는 마찬가지였다. 고등학교 2학년, 친구들과 편의점 앞 간이 탁자에서 술을 마셨다. 모두 교복을 입은 채였다. 학교에서는 쉬는 시간마다 큰 소리로 떠들던 친구들이 술이 들어가면서 말이 없어졌다. 다섯 명 중 중간고사 성적표를 집에 갖다 준 사람이 아무도 없었다. 자, 마셔. 누구랄 것도 없이 잔을 비우고 채우는 데 열심이었다. 곧 취했고, 비틀거렸고, 또 누군가는 쓰러졌다. 그날 루이는 몇 시간 동안 버스정류장 의자에 쓰러져 있었다. 그때 그 의자 밑에 살던 거미가 루이의 벌어진 입으로 들어가지 않았을까. 이런 식이라면 루이에겐 더 많은 얘깃거리들이 있을 것이다. 하지만 그 어떤 사건도 어떻게 루이 몸에 내가 들어가 살게 됐는지 설명하기에 부족하다. 루이가 믿는 대로 나는 우연히 루이에게로 들어갔으니까. 지금 분명히 말할 수 있는 것은 언제부턴지 모르지만 내가 루이 안에서 루이와 함께 살고 있었다는 것뿐이다.

3

허공을 걷듯 사뿐하면서 가볍게 걸어 다녔다. 빠르게 움직일 이유가 없었다. 루이의 몸엔 위협을 가할 만한 포식자도 없었다. 생존을 위해 열심히 거미줄을 칠 필요도 없었다. 음식은 매일 규칙적으로 들어왔다.

무료해지면, 거미줄을 뽑았다. 목구멍에 거미줄 끝을 고정시키고 조금씩 늘어뜨리며 아래로 내려갔다. 흔들거리며 천천히 아주 천천히. 몇 미터를 몇 센티미터, 몇 밀리미터로 여길 줄 알아야 했다. 높은 나뭇가지에서 땅을 향해 내려갈 때 실을 뽑는 것과는 비교할 수 없이 느리게 움직일 줄 알아야 루이의 몸속에서 버틸 수 있었다. 빠르고 거대한 것에 익숙하면 하루도 버티기 힘든 곳이었다.

거미줄 돌기에 힘이 들어갔다. 닫혀 있던 돌기에서 액체가 빠져나올 때 묵직한 통증이 지속됐다. 삶의 고통을 즐기라는 것, 어미가 입버릇처럼 했던 말이다. 하지만 생각해보면 어미는 고통을 즐기지는 못했던 것 같다. 어미의 추락사는 모욕적인 사건이었다. 자살에 가까운 일이었다. 비록 어미는 삶의 고통을 즐기지 못했지만 나는 그렇게 살고 싶었다. 천천히 실을 뽑으며 아주 천천히 내려갔다.

위벽이 보였다. 거기서부터는 조심해야 했다. 거미줄이 흔들리는 대로 몸을 맡겨야 했다. 버티거나 쓸데없이 힘을 주면 줄이 심하게 흔들렸다. 몸부림을 치다가 위액에 닿기라도 하면 치명적이었다. 왼쪽 세번째 다리 끝이 잘린 것은 줄타기에 서툴렀기 때문이 아니라, 서둘렀기 때문이었다. 시큼한 냄새가 났다. 눈을 감았다. 파란 하늘이 보이는 듯했다. 바깥세상이 그리울 때가 있다면 그때였다.

막 알에서 깨어났을 때, 컴컴하던 세계가 갑자기 환해지면서 펼쳐졌던 하늘을 잊을 수 없다. 너무 넓어서 한눈에 담을 수 없는 하늘을 보며 어디론가 가야만 했다. 최초의 바람 타기. 나는 온몸으로 공기의 흐름을 가늠했다. 거미줄 돌기 밖으로 실을 뽑았다. 바람을 받은 실이 굽이굽이 흔들릴 때 공중으로 떠올라 사뿐히 몸을 띄우면, 실에 이끌려 바람을 타고 날았다. 간절히 그리운 것은 누구나 딱 하나다. 그때 봤던 하늘이 내겐 그것이었다.

가끔은 식도에 그물 무늬의 거미줄을 만들었다. 큰 거미줄은 칠 수 없지만 대신 촘촘하게 만들 수 있었다. 푹신한 거미줄에 누우면 루이의 숨결이 느껴졌다. 가느다란 들숨과 날숨은 밖에서 불던 바람처럼 거미줄을 흔들었다. 따뜻하고 평온했다. 이대로라면 일생을 루이의 몸에서 안락하게 살 수 있을 것만 같았다.

4

신고를 받고 출동한 경찰이 마리의 오피스텔에 도착했을 때 방 안은 피와 잘려진 긴 머리카락으로 뒤범벅되어 있었다고 했다. 아무렇게나 잘려진 머리를 하고 그녀가 방 한가운데 쓰러져 있었고, 손에는 미치코 블런트 가위가 쥐어져 있었다고 했다. 티브이는 영화 채널이 켜져 있었고, 외부에서 누군가 들어온 흔적은 없었고, 사체에서는 반항의 흔적을 찾을 수 없었다고 했다. 우울증에 의한 자살, 경찰에서 내린 결론이었다.

장례식장에 가서야 마리의 본명이 혜정, 이라는 것을 알았다. 혜정아, 루이는 그렇게 불러보고 싶었지만 입 밖으로 그 소리가 나오지 않았다.

루이는 그녀를 마리로, 마리도 그를 루이로 만났을 뿐이었다.

5

루이, 라는 이름을 가지게 된 것은 루이가 서른다섯 살 되던 해였다. 프랑스식 이름 루이. 물론 루이는 한 번도 프랑스에 가본 적이 없었다. 누군가는 똑같은 이름의 프랑스 황제가 있다고 했고, 또 누군가는 하이틴 로맨스에 바람둥이로 자주 등장한 이름이라고 했다. 어쨌든 명함에 있는 대로 루이는 헤어디자이너 루이가 되었다.

마리는 미치코 블런트 가위를 선물했다. 루이보다 두 살 어렸지만 마리는 루이가 인턴일 때 바로 위 스태프였다. 마리의 커트 실력은 최고였다. 보통 헤어디자이너들이 가위를 사용해서 머리를 자르는 것과 달리 마리는 면도칼을 사용했다. 마리는 좀 까다로웠고 다른 사람에 비해 인턴들을 혹독하게 다

뤘다. 인턴들은 모이면 마리 흉을 봤다. 단골손님들도 디자이너를 닮나 봐. 마리 손님들은 성질들이 보통이 아니잖아. 왜 그 청담동에서 온 손님은 염색약이 옷에 묻었다고 나가면서 돈을 못 내겠다고 하잖아. 돈 좀 있는 것들이 더해. 그 옷이 얼마짜린 줄 아느냐고 따지고 들던데…… 질렸다 정말. 내가 몇 번이나 죄송하다고 했는데도 막무가내잖아. 그때 마리 표정 봤니? 넌 봤어? 근데 넌 왜 아무 말 안 해? 언제나 이야기의 끝은 듣고만 있는 루이였다. 꼭 화살이 돌아왔다.

루이는 마리를 처음 봤을 때부터 딱딱한 외피가 아니라 그 외피 속에 든 여린 피부를 먼저 봤다. 그래선지 마리의 어떤 행동도 밉게 보이지 않았다. 마리의 손님 중에 좀 유별난 사람들이 있긴 했다. 인턴들의 실수에 신경질적으로 반응한 것은 거의 대부분 마리의 손님들이었다.

하루는 아주 시끄러운 사건이 있었다. 펌을 하고 있는 동안 인턴 한 명이 핸드 마사지를 해주었던 모양이었다. 그러면서 손님의 다이아몬드 반지를 거울 앞에 빼놓았다. 그런데 반지를 챙겨주는 것을 깜박 잊은 것이다. 그 손님은 일부러 챙겨주지 않았다면서 인턴을 도둑으로 몰았다. 거듭 사과를 했지만 손님은 막무가내였다. 결국 그 인턴은 울면서 휴게실로 들어갔다. 마리는 연신 죄송하다는 말을 했다. 그날 시술한 모든 비용을 받지 않는 것으로 겨우 일이 마무리됐다. 퇴근 시간 그 인턴은 짐을 챙겨 그만두겠다는 말을 하고 갔다. 온통 머리가 어지러운 날이었다.

그날 마리는 다른 인턴들을 보내고 루이만 남겼다. 샴푸실로 데려갔다. 그곳은 손님들을 처음 응대하는 곳이기도 했고, 인턴들에게는 고단한 처음 일 년을 보내야 하는 곳이기도 했다. 사방의 검은 타일이 흑경(黑鏡)처럼 그 방의 모든 것을 비추고 있었다. 세 개의 샴푸 의자와 거기 딸린 세면기, 붙박이장에 켜켜이 접힌 수건들, 나란히 정리된 트리트먼트 제품들, 여러 종류의 샴푸들, 다 쓴 수건을 담는 커다란 바구니.

매뉴얼대로 머리 좀 감겨줘. 샴푸 의자에 앉으며 마리가 루이에게 말했다. 손님에게 하듯 매뉴얼대로 머리를 감겨달라는 말이었다. 루이는 샴푸 의자를 기울여 마리의 머리가 세면대에 닿도록 천천히 눕혔다. 눈을 감고 있었다. 사물함에서 수건을 꺼내면서 루이는 검은 타일에 비친 마리를 봤다. 외롭고 지친 얼굴이었다. 수건으로 얼굴을 덮으려다 말고 루이는 마리에게 입을 맞췄다. 마리도 루이의 입술을 받아줬다. 꼭 기다리기라도 한 것처럼. 그리고 자연스럽게 섹스를 했다. 불빛과, 의자와 표정과, 숨소리와 무료함과 외로움 같은 것들이 검은 타일에 투영되었다. 마리의 몸은 메말라 있었고, 그 메마름에 루이는 슬픈 기분이 들었다.

마리가 루이에게 커트 순서가 그림으로 설명된 도해를 던

져준 것은 그로부터 일주일 후였다. 마리의 교육 방법은 뭘 가르친다기보다 훈련시킨다는 말이 알맞았다. 매일 커트 연습을 시켰다. 일자 긴 머리 스타일에서 그 다음날엔 층이 있는 긴 머리, 그다음엔 단발, 목덜미가 보이는 커트, 마지막엔 남자 커트를 반복시켰다. 마리는 검사만 했다.

오 년의 시간은 그렇게 흘렀고, 루이는 헤어디자이너 루이가 되었다.

그사이 아주 많은 우연들이 일어났다. 나는 많은 거미줄을 만들었고, 먹잇감이 걸리기를 기다렸다. 요행히 많은 먹잇감이 걸리면 좀 오래 거미줄에 머물며 지냈고 지루하게 기다리다가 끝내 아무것도 포획하지 못한 채 거미줄만 남기고 떠나기도 했다. 때론 어처구니없게 애써 만들어놓은 거미줄을 철거당하기도 했다.

어떤 거미는 누군가의 가방에서 잠을 자다가 어느 날 먼 이국땅으로 옮겨갔을 것이다. 또 다른 거미는 등산객의 옷을 타고 와 누군가의 집에 터를 잡았을 것이다. 루이의 지친 몸을 싣고 돌아가는 버스 어딘가에도 거미는 있었을 것이고 어느 순간 낯선 사람의 옷에 붙어 어딘지도 모르는 길을 따라갔을 것이다.

6

루이는 넘치지 않았다. 손님들이 들려주는 얘기를 주의 깊게 듣고 적당한 반응을 보였다. 가끔 고개를 끄덕여주고, 때론 아무 말 없이 엷은 미소만 입가에 머금었다. 무엇이 사람들을 행복하게 만드는지 루이는 잘 알고 있었다. 세 종류의 신문과 영화 전문 주간지와 몇 개의 여성 잡지들을 읽었다. 연예인들의 가십거리는 메모를 했다. 손님의 얘기에 가끔씩 반응을 하려면 필요한 노력이었다.

루이, 라는 이름을 가진 지 몇 개월 뒤 루이의 예약 스케줄표는 빡빡했다. 한 번 왔던 사람은 친구를 데리고 왔고, 입소문을 듣고 새로운 사람들이 왔다. 처음 온 사람들도 루이에게 오래된 친구처럼 곧 말을 붙였다. 심지어 마리의 손님들 중 몇 명도 눈치를 보며 루이에게 옮겨왔다.

미용실에서 마리와 많은 말을 하지 않았다. 하지만 일이 끝나면 저녁을 같이 먹기도 했고 일주일에 한 번쯤 마리의 혹은 루이의 오피스텔로 함께 퇴근했다. 김밥이나 만두를 사 들고 가는 경우도 많았다. 루이는 스포츠 채널을 봐야 한다고 했고, 마리는 영화 채널을 봐야 한다고 우겼다. 실랑이는 금방 끝났고 대부분 영화 채널에 고정됐다. 마리가 영화를 끝까지 보는 경우는 아주 드물었다. 그것은 루이도 마찬가지였다.

어떻게 끝났어? 둘이 다시 만났어? 결국 그 사람들이 지구를 구하게 된 거야? 다음날 아침이면 보다가 만 영화의 다음 이야기를 서로에게 묻기 바빴다. 몰라, 나도 보다가 잠들었어. 돌아오는 대답이라는 게 뻔했지만 다음번에도 그 다음번에도 묻고 또 물었다. 끝을 알 수 없는 영화들이 마리와 루이의 머릿속에 쌓여갔다. 서로 집착하지 않았지만 가끔 서로를 그리워했다.

7

루이의 이름을 내걸고 미용실을 열었을 때도 마리는 함께였다. 헤어디자이너 루이가 된 지 이 년째 되던 해였다.

넓은 홀을 막아 칸칸이 나누어서 거울과 세면대가 갖춰진 작은 방들을 만들었다. 내추럴하고 심플한 마감재를 사용했다. 사생활을 중요하게 생각하는 사람들을 위해 지하 주차장에서 전용 엘리베이터를 타면 바로 미용실로 통하게 했다. 젊고 단정한 외모의 남자들이 입구에서 손님들을 안내했다. 시술에 필요한 준비를 끝내면 루이는 예약 시간대로 차례차례 방을 옮겨다니기만 하면 됐다.

곧 몇몇 연예기획사와 계약도 맺었다. 잡지 화보에 스타들의 사진과 함께 루이 이름이 실렸다. 방송에서 간간이 인터뷰 요청도 있었다. 루이가 만들어내는 헤어스타일이 유행이 되었고, 거리에서 루이를 알아보는 사람들도 생겼다.

그때까지만 해도 일이 끝나면 마리는 가끔 루이를 찾아왔다. 루이, 이제 루이가 최고의 헤어디자이넌가? 그러다가 이나라 돈은 다 쓸어 담는 거 아냐? 아무리 잘나가도 스승을 잊으면 안 돼. 이 마리가 스승이라고. 취하면 객기를 부리기도 했다. 마음이 내키면 노래방까지 가서 노래를 불렀다. 아주 오래된 옛날 일처럼 마리는 가끔 샴푸실에서 처음 했던 섹스에 대해 얘기하곤 했다. 얘기가 끝날 때면 그녀는 낄낄거리며 웃었다. 모든 게 루이에겐 아득하게 여겨졌다.

8

도시로 온 후, 나는 매일 쫓기다시피 살았다. 운도 좀 없는 편이었다. 루이를 만나기 전까지 그랬다. 본능적으로 음습하고 지저분한 곳을 좋아했다. 그런데 옮겨간 곳마다 깨끗했다. 말끔한 유리와 미끌거리는 타일로 둘러싸인 곳이 가장 불편했다. 거미줄을 칠 곳이 눈에 띄지 않았다. 어렵게 지저분한 건물을 찾아가면 얼마 지나지 않아 건물을 관리하는 용역업체가 바뀌면서 청소가 강화되었고 청소 범위도 넓어졌다. 예전 같으면 그냥 지나쳤던 곳까지 깨끗하게 치웠다. 금이 간 벽을 시멘트로 메우고, 천장 거미줄을 걷어냈다. 블라인드를 뜯어내고, 창문 틈 먼지를 청소기로 빨아들였다.

루이를 만나던 날도 나는 쫓기고 있었다. 안전했던 닥트 안으로 견디기 힘들 만큼 뜨거운 공기가 들어온 것이다. 정신없이 달렸다. 어쨌든 그 건물을 빠져나가야만 살 수 있을 것 같았다. 뛰다가 줄을 타고 내려오다가 미끄러지다가 겨우 땅에 닿았을 땐 나는 많이 지쳐 있었다. 방향을 분간할 수 없었다. 사람들의 발걸음이 어지러웠다. 그대로 있다가는 밟혀 죽을 게 뻔한 일이었다. 가장자리를 따라 계속 기어갔다.

어둡고 좁은 통로에 이르렀다. 입구가 어찌나 좁은지 몸통에 붙은 긴 다리가 거추장스럽게 느껴질 정도였다. 가끔 끈적거리는 액체가 더듬이 끝에 묻었다. 하지만 어두웠기 때문에 오히려 불안하지 않았다. 오랜만에 맛보는 포근한 어둠이었다.

거미지만 루이 안에 살기 시작하면서 나는 이미 거미가 아니다. 그동안 나는 다섯 번의 탈피를 했다. 루이 몸에 적응하면서 나는 훨씬 정교한 소화기관과 발달된 감각기관을 가지게 되었다. 혹시 지금이라도 내가 발견된다면 생물학자들은 나를 거미라고 부르지는 않을 것이다.

9

루이 몸속에서는 게으름이 가장 큰 미덕이다. 루이는 비교적 규칙적인 식사를 했고, 나는 먹이를 구하기 힘들지 않았다. 가능하면 아주 천천히 움직였다. 잠자는 시간을 늘렸다. 점점 살이 붙고 배가 커졌다. 탈피를 거듭할수록 몸집은 커지고 다리는 짧아졌다.

가끔 실을 뽑아 그물망 만들기를 하며 놀았다. 이제 거미줄은 먹잇감을 포획하는 데 필요한 것이 아니라 유희의 도구였다.

10

그랬다. 루이와 나의 갈등은 그때부터 시작되었다. 티브이 녹화가 있던 날. 그 프로그램은 루이의 성공 비결을 얘기하고, 집에서 할 수 있는 간단한 머리 손질 방법을 알려주기로 한 방송이었다. 사회자의 질문에 대답하고 있던 루이가 연달아 재채기를 했다. 그날 나는 목젖 가까운 곳에 거미줄을 쳤다. 루이의 불규칙적인 식사와 부어오른 편도선 때문에 나는 불편한 며칠 보낸 뒤였다. 침을 닦으려다 손바닥을 보고 루이는 깜짝 놀랐다. 엉킨 거미줄이 묻어 있었던 것이다. 갑자기 머릿속이 혼란스러웠겠지만 루이는 태연히 손바닥을 닦았다. 괜찮으세요? 코디네이터가 달려와 입술 주변에 파우더를 덧바르며 물었다. 곧 조명이 켜졌다. 녹화하는 동안 루이는 뭔가 찜찜한 기색을 보였다.

무엇보다 몸안에 거미가 산다는 루이의 말을 믿으려는 의사는 없었다. 첫번째 찾아간 이비인후과 전문의는 루이 말을 듣고 웃었다. 귀 안쪽을 들여다보더니 처방전을 써줬다. 의사가 처방해준 것은 소염제였다. 두번째는 내과를 찾았다. 친절한 의사였다. 그는 곤충이 몸으로 왜 들어갈 수 없는지, 아주 희박한 확률로 들어갔다고 해도 도저히 살 수 없다는 것을 책상 옆에 있는 인체 모형도를 가리키며 설명했다. 위액은 강력한 산(酸)이어서 거미 표피 따위는 금방 녹여버릴 거라고 했다. 그래도 불안해하는 루이를 위해 그 의사는 내시경으로 식도에서 위까지 샅샅이 훑어 보이기까지 했다.

루이의 그런 행동이 나는 불쾌했다. 루이는 나를 믿지 못하고 해롭고 더러운 곤충 취급을 한 것이다. 내가 원한 것은 루이와 함께 있는 것뿐이었는데. 내가 거미줄 타래 만들기에 열심인 것은 그때부터였다. 목이 답답해서 루이는 자주 캑캑 소리를 냈고, 기침 또한 잦아졌다. 잿빛의 거미줄 타래를 빈번하게 내뱉었다.

11

방송국 사건 이후, 루이는 나의 작은 움직임에도 예민하게 반응했다.

그날은 아침부터 헛구역질을 했다. 며칠 동안 화보 촬영차 스튜디오로 미용실로 뛰어다녔기 때문에 루이는 몹시 피곤했다. 점심도 거른 채 휴게실에서 잠을 잤다. 오후가 되면서 몸은 점점 가라앉았다. 여성지 화보 촬영 스케줄은 다른 날로 미뤘다. 예약된 손님만 시술이 끝나면 쉬어야겠다고 생각했다.

2시 30분 예약 손님이 커트보를 두른 채 루이를 기다리고 있었다. 스타일을 결정하고 의자를 낮췄다. 가위로 머리를 자르려는데 기침이 시작됐다. 온몸이 흔들리는 깊은 기침이었다. 쏟아진 거미줄 더미가 손님의 정수리에 묻었다. 거울에 비친 머리 위 거미줄을 보고 손님은 소리를 지르며 일어섰다. 루이의 손에 들려 있던 면도날이 손님의 귀를 스친 것은 그때였다. 붉은 피가 흰 커트보로 흘러내렸다. 괴성이 들렸고 사람들이 몰려왔다. 거기서부터의 기억은 모두 사실이 아닌 것만 같았다. 함께 있던 인턴이 인터폰을 했고, 홀 매니저가 들어왔다. 손님을 부축해 나갔다. 선생님, 괜찮으세요? 병원으로 모실까요? 누군가 루이에게 물었다. 마리, 마리를 불러줘. 루이가 기억한 것은 마리의 이름을 불렀다는 것뿐이었다. 죽고 없는 마리를 찾은 것이다.

내 안에 거미가 살고 있는 것 같아. 루이를 시기하는 사람들에게 루이 입으로 그렇게 말할 수 없었을 것이다. 믿어줄 사람도 없겠지만 뒤에서 미친놈이라며 씹어댈 것이 뻔하다고 루이는 믿었다. 루이라는 이름을 내세워 미용실을 열었을 때 근거 없는 소문들이 떠돌았다. 미용실 투자자가 강남에 빌딩을 몇 개 가진 큰손이며 루이와는 내연의 관계라는 소문이었다. 내용이 너무 상투적이라 루이는 그다지 신경 쓰지 않았다. 루이의 사업이 잘될수록 소문은 점점 정교해졌다. 둘이 잘 나타난다는 레스토랑과 호텔의 이름이 구체적으로 붙었으며 둘이 함께 있는 것을 봤다는 사람들도 있었다. 공공연한 사실이 되어갔다.

재밌는 소문이 떠돌던데, 그 말들이 사실이야? 하긴 뭐 루이와 내가 그리 특별한 사이는 아니니 내가 상관하거나 섭섭해할 이유는 없겠지만. 안 그래? 마리도 지나가는 말처럼 루이에게 그 소문들에 대해 물은 적이 있었다.

12

이따금씩 깜박거리는 눈꺼풀이 아니라면 루이는 꼭 죽은 사람처럼 보인다. 일주일째 루이는 침대에 누워 있다. 목이 답답할 때마다 물을 마셨을 뿐, 씹을 수 있는 음식은 입에 대지도 않았다. 루이의 위는 이미 텅 비어 있다. 나를 굶기는 것이 나를 죽일 수 있는 방법이라고 생각하고 있을 것이다. 하지만 그것은 어리석고 무모한 짓이다. 나를 몰아내야 뭐든 정상으로 돌아올 것 같은 것은 루이의 착각이다. 나를 죽이지 않으면 모든 게 뒤죽박죽일 것 같은 것도 지나친 생각이다. 나를 죽여야 루이가 살 수 있을 것 같다고 생각하겠지만, 루이는 나를 이길 수 없다. 결코. 왜냐하면 나는 루이 안에 있으니까.

13

배는 홀쭉한 채 윤기를 잃었다. 굵고 단단하던 거미줄 돌기는 힘없이 늘어졌고, 여덟 개의 다리는 가만히 있어도 떨린다. 아무리 힘들어도 나는 루이의 몸을 떠날 수 없다. 무엇보다 이 게으름을 포기하고 싶지 않다. 나는 아직도 루이에 대한 호기심으로 가득한데 루이를 다 탐험하지 못했다. 삶을 포기한 것이 아니라면 루이는 곧 뭐든 먹을 것이다. 누구나 자기 삶을 가꾸기 마련이니까.

더 기다리기로 한다. 낡은 거미줄을 걷고 목구멍이 시작되는 곳에 거미줄을 친다. 실관을 지나 배꽁무니에 있는 거미줄 돌기를 따라 나온 끈적끈적한 액체는 아주 조금씩, 정말 아주 조금씩 흘러나온다. 낭비가 없도록 조심스럽게 움직인다. 그야말로 심혈을 기울인다. 서너 시간이면 충분할 그물망 모양 거미줄을 일곱 시간이나 걸려 완성했다. 그나마 배에 남아 있는 액체를 다 뽑아야 했다. 나는 거미줄 위에 쓰러진다.

걱정할 것은 아무것도 없다. 루이가 이제라도 생각을 바꾼다면 꼬였던 일은 한꺼번에 풀릴 것이다. 내가 필요한 것은 루이가 먹는 음식물, 배에 채우는 조금의 양분뿐이다. 이제부터 나는 기다릴 것이다. 내가 할 수 있는 것은 그것밖에 없다.

14

루이는 나를 너무 오래 기다리게 했다.

발을 헛디디지 않으려고 두번째 발끝 돌기에 힘을 준다. 나는 루이의 몸안에서 조용히 살고 싶었다. 루이를 해치는 짓

따위는 하지 않을 작정이었다. 내가 원하는 것은 루이와 함께 있는 것뿐이었다. 루이의 음식을, 루이의 체온을 아주 조금 나누고 싶었을 뿐. 때때로 무료함에 혈관을 탐험하고 싶은 유혹을 느끼기도 했다. 벽을 타고 천천히 내려갈 때, 살갗 안쪽으로 늘 뭔가 흐르는 곳이 있었다. 말랑거리고 따뜻했다. 그곳을 뚫고 혈관에 닿기만 하면 내가 그토록 원했던 루이의 몸 구석구석을 돌아다닐 수 있을 것이라는 것을 안다.

루이는 나를 마지막까지 내몰았다. 체액을 뽑아 먹고 껍데기를 버리는 일이라면 나의 조상들은 수천 년 전부터 익숙하게 해왔다. 물론 아무런 가책도 없이 말이다. 하지만 나는 루이를 위태롭게 할 것 같아 번번이 그만뒀다. 규칙을 위반한 것은 내가 아니다.

연분홍빛 루이의 속살은 부드럽다. 나는 턱을 크게 벌려 살을 베어 문다. 살점이 뜯겨 나간 곳에 피가 밴다. 상상했던 것보다 달달한 맛이다. 복잡하던 생각들이 순식간에 사라진다. 이번엔 더 깊게 살 속을 파고들 것이다. 여덟 개의 다리가 피에 흥건하게 잠겼다. 더듬이 다리 끝에 묻은 피 때문에 앞에 뭐가 있는지 잘 분간되지 않는다. 거미였지만 루이 몸안에 들어온 순간부터 나는 거미가 아니었다. 눈을 부릅뜨고, 머리를 든다. 힘을 다해 더듬이 다리를 추켜올린다. 이제 루이를 파괴해야 내가 살 수 있다. 이것이 내가 루이에게 원하던 것은 아니었다. 갉아 먹히는 루이의 통증은 쉽게 끝나지 않을 것이다.

루이는 나를 비밀로 남기고 싶을 것이다. 마리가 그랬듯이.

루이, 루이가 왜 애써 마리를 외면했는지, 나는 안다. 마리의 몸에도 거미, 아니 거미와 비슷한 뭔가가 살고 있었다는 것을 루이, 당신은 알고 있었다. 루이, 내 몸에 거미가 사나 봐. 목에 뭐가 걸린 것 같아. 계속 답답하고 컬컬해. 어제는 거미줄 같은 게 나왔어. 아니, 진짜 거미줄이었어. 마리는 분명히 그렇게 루이에게 말했었다. 이자카야에서 사케를 마시던 중이었고, 마리는 약간 취해 있었다. 젓가락으로 스시를 들어올리던 루이의 표정이 굳어졌었다. 루이가 애써 마리를 피했던 것도 그때부터였다. 자살하기 직전 마리가 루이에게 남긴 음성 메시지는 또 어떤가. 물론 루이는 그 음성 메시지를 끝까지 듣지 않고 종료시켜버렸지만.

하루에도 몇 번씩 거미줄 뭉치가 쏟아져 나와. 이건 거미줄 같은 게 아니라 진짜 거미줄이라고…… 거미줄! 이제 머리카락도 거미줄처럼 보여. 가위질로 거미줄을 잘라대는 것 같아. 근데 잘라도 잘라도 머리카락은 자라고 거미는 끊임없이 거미줄을 쳐. 루이, 루이…… 내 말을 믿을 수 있어?

15

루이, 당신과 나는 무심히 찾아오는 우연을 조심해야 했다.

16

창밖에 보이는 거라고는 옆 건물의 또 다른 창뿐이다. 루이는 한곳만을 바라보고 있다. 거기 흔들리는 빈 거미줄이 있기라도 한 것처럼. 있다면, 언젠가는 햇살에 황금빛으로 변한 거미줄이 루이 눈에 와 박힐 것이다. 거미줄이 황금빛으로 변했다가 다시 거미줄로 되돌아가는 것은 찰나, 찰나다. 지금 루이는 그 우연을 기다리고 있다. 모든 것을 규칙으로 설명하고, 필연으로 몰고 가는 사람들의 말에는 분명 어떤 음모가 숨겨져 있다고 루이는 아직도 굳게 믿고 있다.

그러니까 이것은 모든 게 짧은 순간에 왔다 가버린, 우연에 대한 얘기다.

다시 하티를 찾아서

오르막길에서 오토바이 굉음은 더 높아졌다. 그럴 때마다 흙먼지와 함께 배기통에서 덜 연소된 기름 냄새가 올라왔다. 태양은 기울어지고 있었지만 더위는 아직 그대로였다. 쑤언의 티셔츠는 이미 땀범벅이었다. 하늘색 티셔츠가 등에 닿는 부분만 청색을 띠고 있었다. 가파른 언덕을 앞두고 쑤언은 몇 번 연속해서 오토바이 레버를 돌렸다. 찢어질 듯한 소리가 났다. 쑤언 같은 베테랑 이지라이더도 험한 길에서는 어쩔 수 없는 모양이었다.

쑤언, 쑤언. 이러다 엔진이 터지는 거 아냐?

더 커지는 오토바이 엔진 소리를 듣다가 나는 그렇게 외쳤다. 쑤언은 아무런 반응이 없었다. 헬멧을 쓰면 바람 소리 말고는 잘 들리지 않는다는 걸 알면서도 꼬리뼈 부근이 묵직하게 아파서 계속 소리쳤다.

엉덩이도 얼얼하다구.

더 큰 소리로 외쳤다. 엄살이 아니었다.

엉덩이?

엔진이 터지겠다는 말은 못 들은 척하던 쑤언이 엉덩이라는 말에 반응을 보였다. 그 말이 무슨 뜻인지도 모르고 허공에 대고 '엉덩이'라고 물었다. 뭔가 신난다는 말투였다.

한국 남자는 엄살 안 떨어.

그렇게 어려운 한국말을 쑤언이 알아듣지 못한다는 걸 알면서도 나는 계속 그녀의 등에 대고 말을 했다. 까오 커피농장을 찾아가자고 했을 때부터 각오했어야 할 일이었는지도 몰랐다. 예상했던 것보다 길은 더 험했다. 오토바이가 통통 튈 때마다 조금씩 뒤로 밀려나 짐받이에 부딪혀서 꼬리뼈가 아팠다. 뚜이의 오토바이도 낡았지만 쑤언의 것에 비하면 양호한 편이었다. 쑤언의 러시아산 오토바이는 이미 폐품 처리되었어야 할 정도로 낡았다. 엔진이 터질 것 같다는 말 때문인지 엉덩이가 아프다는 말 때문인지 쑤언이 오토바이를 세웠다. 또 다른 오르막이 시작되려는 지점이었다.

엉덩이? 엉덩이는 뭡니까?

헬멧을 벗으며 쑤언이 물었다. 그 질문을 할 줄 알았다. 궁금한 게 있으면 쑤언은 그냥 넘어가지 않았다. 나는 담배를 한 개비 건네며 엉덩이를 가리켰다. 여길 한국어로 엉덩이라고 해. 쑤언이 고개를 끄덕였다. 자신의 엉덩이를 빼서 내 쪽으로 내밀었다. 여기, 엉덩이? 쑤언은 다시 한 번 발음하며 웃었다. 그녀의 한국어 실력은 그저 그랬다. 반말과 높임말을 구분 없이 사용했다. 한국 드라마를 보며 익힌 한국어를 관광객에게 사용해본다고 했다. 때론 쉬운 말을 못 알아듣기도 했지만 의외의 단어를 말해서 깜짝 놀라게 하기도 했다. 언젠가 그녀가 가이드 해줬던 사람이 도깨비에 대한 얘길 해준 모양이었다. 그 사람이 어떻게 말했는지는 모르지만 한국에 정말 도깨비라는 동물이 있냐고 물었다. 그것이 가장 무서운 동물이냐고. 나는 그건 단지 이야기 속에 나오는 동물이라고 말해줬다. 그녀는 믿지 않는 눈치였다. 그녀는 무섭고, 두려운 것을 설명할 때면 검지로 머리에 뿔 모양을 만들어 도깨비, 라고 말하곤 했다.

헬멧만 벗은 나를 보며 쑤언은 두건까지 벗어보라는 시늉을 했다. 그녀의 말대로 두건을 벗자 머리가 더 시원해졌다. 나는 엄지손가락을 추켜올렸다. 서른다섯 살의 쑤언은 그 나이로 보이지 않았다. 그녀가 나이를 말하기 전까지 당연히 마흔 살은 넘었을 거라고 생각했다. 통통한 몸집 때문이기도 했고, 웃으면 눈가에 잡히는 자글자글한 주름 때문이기도 했다.

담배에서는 덜 마른 풀 냄새가 났다. 달랏 시내를 벗어나자 채소밭과 꽃농장이 펼쳐졌다. 고도가 높아지면서 커피나무들이 보이기 시작했다. 우리는 구불구불하고 좁은 산길을 벌써 두 시간 넘게 달려왔다. 산 아래 어둑하게 보이는 것은 커피나무들이었다. 베트남이 세계 제2의 커피 생산국이라는 걸 실감하는 광경이었다. 고산지대로 올라갈수록 고급 원두가 난다는 말을 어디선가 읽은 적이 있다. 골짜기는 깊지 않은데 끝없이 이어졌다. 오르막길이다가 내리막길이었고, 다시 오르막이 이어졌다. 이렇게 하나씩 지나면서 우리는 서쪽으로 가고 있었다. 고도도 높아지고 있었다. 이제 서두를 필요가 없었다. 날은 곧 어두워질 것이다. 어차피 밤길을 달려야 한다면 몇 시에 농장에 도착하건 상관없었다.

달랏에서부터 좁은 길을 가로막고 앞서가던 버스는 점점 멀어지고 있었다. 우리는 그 버스를 추월하지도 못하고 흙먼지와 매연을 고스란히 들이마시며 따라왔었다. 버스 차창에 적힌 종로3가에서 화계사까지의 정류장 이름을 처음 봤을 때 기분이 이상했다. 서울을 누비던 버스가 이곳 베트남 어느 산골길을 지나고 있다는 것이. 계획도 없이 베트남을 헤매고 있는 내 처지와 비슷하다는 생각이 들었다. 멀어져가는 버스를 물끄러미 바라봤다.

담배를 다 피운 쑤언은 어딘가로 전화를 했다. 밍을 부른다. 밍은 열세 살 된 쑤언의 딸이다. 밍의 꿈은 한국으로 유학을 갔다 와서 베트남에 있는 한국 기업에 취직을 하는 것이다. 틈만 나면 쑤언은 딸 자랑을 했다. 이렇게 1박 2일 코스로 관광객을 안내하는 경우는 쑤언에겐 드문 일이라고 한다. 쑤언의 통화가 끝날 무렵, 앞서가던 버스는 언덕을 넘어가 그 자취를 감춰버렸다. 구글 지도를 다시 한 번 확인했다. 까오 커피농장까지는 대략 60킬로미터쯤 남아 있었다. 부온 마 투옷까지는 이런 산길이 계속될 것이다. 부온 마 투옷에서 다시 20킬로미터를 더 가야만 했다.

몇 시쯤 도착할 수 있을까요?

헬멧을 쓰면서 내가 쑤언에게 물었다.

몰라요.

그것도 예상한 대답이었다. 쑤언은 확실하지 않은 것은 장담하지 않았다. 사흘 동안 쑤언과 함께 있으면서 느낀 것이다. 거리와 속도를 계산하면 도착 시간을 예측할 수 있을 것이다. 하지만 베트남 산길에서는 언제 어떤 일이 벌어질지 알 수 없는 일이었다. 그러니까 쑤언의 말대로 언제 도착할지 알 수 없다는 말이 맞는 말이었다.

쑤언이 빨리 오토바이에 타라며 뒷좌석을 두드리며 말한다. 엉덩이를 여기, 라고 하면서.

그 밤에 우리는 하티를 찾아가는 길이었다. 이 년 전에도 나는 하티를 찾으러 네팔을 갔었다. 하티는 히말라야에서 나오는 암염(巖鹽)을 수입하러 간다고 떠난 뒤 돌아오지 않고 있는 동생이었다. 떠날 때 이름은 경석이었지만 그는 곧 그 이름을 버렸다. 대신 하티라는 이름을 사용했다. 네팔어로 코끼리를 그렇게 부른다고 했다. 그것이 벌써 오 년 전이었다. 적어도 녀석이 네팔로 간 처음 일 년 동안은 인도 북부와 네팔을 돌아다녔다. 그즈음엔 종종 이메일을 보내왔다. 우연히 순례자들을 만나 따라다닌 이야기며, 갠지스 강가에서 타다 만 시체를 뜯어 먹고 사는 개들에 대한 이야기를 적어 보냈었다. 이메일 끝에는 얼마간의 돈을 보내달라는 내용이 적혀 있기도 했다. 그러더니 소식이 점점 뜸해졌다. 그러고 언제부턴가 녀석으로부터 연락이 완전히 끊겼다.

녀석은 번번이 도마뱀처럼 꼬리를 잘라버리고 달아났다. 흔적은 있지만 진짜 하티가 거기 있었는지 확인할 길은 없었다. 결국 한 달 동안 네팔을 헤매다가 그를 만나지 못하고 돌아왔다. 네팔을 떠나오며 그를 찾는다는 포스터를 곳곳에 붙였다. 버스터미널이나 기차역, 장기체류자들이 주로 머무는 도미토리 같은 곳이었다. 네팔에 남기고 왔던 이메일 주소로 가끔 메일이 도착했다. 대부분 신빙성 없는 정보였다. 간혹 돈을 보내면 동생을 찾아주겠다는 메일도 있었다. 그를 찾기 위해 헤맸던 카트만두의 타멜 거리, 포카라의 페와호 근처 식당들, 그리고 산에서 만났던 지독한 거머리들에 대한 기억들도 희미해졌다. 잊어가고 있었다.

하티가 실종된 상태라는 것마저 희미해지고 있을 때 이메일 한 통이 도착했다. 하티였다. 삼 년 만에 온 소식이었다. 네팔에서 티베트를 거쳐 중국 내륙을 여행하고, 베트남에 머물고 있다고 했다. 그가 머물고 있는 곳이 정확히 어딘지는 메일에 적혀 있지 않았다. 커피농장에서 찍은 사진 몇 장이 첨부되어 있었는데 거기 농장 이름이 보였다. 까오농장이었다. 사진 속의 남자는 검은 피부에 광대뼈가 드러나 있었다. 수염도 덥수룩했다. 그가 내가 알고 있는 동생, 경석이가 맞는지 의심스러웠다. 그가 맞다고 해도 내게 낯선 모습이었다.

달랏의 한 카페에서 쑤언을 만났다. 그녀는 이지라이더였다. 관광객을 오토바이에 태우고 다니면서 안내를 하는 사람을 베트남에서는 그렇게 불렀다. 그들은 주로 달랏을 근거지로 베트남 중부 고산지대를 관광시켜주는 일을 했다. 카페에 들어섰을 때 한쪽 구석에서 남녀가 뒤섞여 카드놀이를 하고 있었다. 메뉴판의 사진들을 보면서 뭘 시킬까 망설이고 있는데 그중 한 남자가 다가와 내게 말을 걸어왔다. 한국에서 왔습니까? 또렷한 발음이었다. 그렇다고 대답하자 달랏을 제대로 보고 싶다면 이지라이더를 이용하면 좋다고 했다. 이번엔 영어였다. 남자는 영어를 제법 잘했다. 그러고 보니 함께 카드놀이를 하고 있던 그들은 비슷한 점퍼를 입고 있었다. 그들이 모두 이지라이더라는 걸 그때서야 알았다. 뚜이, 라고 자신을 소개한 그 남자는 이지라이더가 갈 수 없는 곳은 없다며 여러 코스를 설명했다. 네 시간, 혹은 여덟 시간 코스 등을 짜놓고 일정하게 가격을 매겨놓은 모양이었다. 짧게는 달랏 시내와 가까운 커피농장을 둘러보는 코스였다. 관심 없어. 나는 손사래를 쳤다. 하지만 뚜이는 거기서 물러나지 않고 뭘 보고 싶으냐고 계속 물어왔다.

관광지 같은 건 관심 없는데.

무리들 중 누군가 한국말을 알아들었는지 뚜이에게 베트남어로 뭐라고 말했다. 그때 뚜이에게 말했던 사람이 바로 쑤언이었다. 카드놀이를 하던 무리들 중 유일한 여자였다. 이번엔 뚜이가 지도를 꺼내 나짱, 호이안을 잇는 도로를 가리켰다. 내가 손을 내젓자 더 북쪽으로 올라가는 길을 짚었다. 그 길을 따라가면 후에를 지나 하노이까지 더 멀게는 중국과 국경이 맞닿아 있는 흐우 응이 꽌까지 갈 수 있었다. 나는 이미 바닥이 드러난 주스 잔을 들었다가 놨다. 달랏까지 와서 나는 벌써 이틀 동안 머뭇거리고 있었다. 호치민에서도 일주일 동안 시내를 어슬렁거리며 돌아다녔다. 하티를 찾으러 베트남까지 왔는데 정작 그가 있다는 까오 커피농장을 가는 것은 미루고 있었다. 솔직히 나는 베트남에 온 목적을 상실해버린 상태였다.

여행 첫날밤부터 나는 호치민 데탐 거리의 한가운데 있는 호텔에서 왜 하티를 찾으러 왔는지 스스로에게 묻고 있었다. 침대 시트가 눅눅해서, 곰팡이 냄새 때문에, 밖에서 들려오는 시끄러운 소리 때문에 좀처럼 잠이 오지 않았다. 하티를 만나서 뭘 어떻게 하려고? 그는 벌써 오 년째 떠돌고 있는데, 만나서 함께 돌아가자고 할 수도 없는 노릇이었다. 이미 하티에게는 그 나름의 삶의 방식이 있을 터였다. 그렇다고 서로 얼굴을 마주하며 반길 수 있을지도 알 수 없었다.

생각해보면 하티는 나와 너무 다른 인간이었다. 그는 나보다 감정적이었고 즉흥적이었다. 그에 비해 나는 계획된 생활을 좋아했다. 계획되지 않은 것들에 대해서 심한 거부감이 있었다. 겉으로 드러난 생활만 보자면 나는 좀 안정적이었지만 녀석은 언제나 들떠 있는 사람처럼 보였다. 나는 늘 하티를 불안하게 바라봤다. 그의 눈으로 보면 나는 좀 답답한 인간이었을 것이다.

그가 집 밖으로만 돌기 시작한 것은 작은 사건 때문이었다. 물론 그 일을 하티는 자신의 떠돌이 삶의 계기로 이용했을지도 모른다. 하지만 분명한 것은 그날 이후 하티는 집 밖으로 나돌게 됐다. 내가 대학을 진학하고 집을 떠나기 전까지 우리는 같은 방을 썼다. 각자 방을 가질 수 없는 집에서 형제끼리 방을 같이 쓰는 것은 당연했다. 그러나 그 당연한 일이 우리에겐 힘들었다. 서로 생활 방식이 너무 달랐기 때문이었다. 일찍 자고 새벽에 일어나서 공부를 하는 내 생활과는 달리 하티는 주로 밤에 공부를 했다. 잠과 공부, 우리는 어쩔 수 없이 서로에게 방해꾼이었다. 그는 물건을 늘어놓는 것에 별로 신경 쓰지 않았다. 그의 책상은 늘 어지러웠다. 그 사이를 헤집고 그는 공부를 했다. 나로서는 도저히 이해가 되지 않았다. 우리는 자주 다퉜다. 꼬투리를 잡는 것은 주로 내 쪽이었다. 아무렇게나 벗어던진 옷이나 먹고 치우지 않은 과자 봉지 같은 것들이 싸움거리가 됐다.

하티가 막 고등학생이 되던 해였다. 학교에서 돌아와 방문을 열자 정신없이 어질러진 하티의 책상이 눈에 들어왔다. 그날 난 고3 들어 첫번째 모의고사를 망치고 돌아온 길이었다. 하티의 책상을 보자 화가 치밀어 올랐다. 공부를 할 수 없는 것이 하티 탓인 듯 여겨졌다. 몇 번을 말해도 고쳐지지 않는 녀석의 너저분함 때문에 일이 꼬여가는 것처럼 생각되자 분을 참을 수 없었다. 급기야 나는 녀석의 책상 위에 있는 책을 쓰레기봉투에 넣어 현관 밖에 버렸다. 잡동사니들도 방바닥에 팽개치고, 옷걸이에 걸린 옷들도 창밖으로 던져버렸다. 하티가 아끼던 통기타도 의자에 내리쳤다. 기타 뒷판이 갈라지며 깨졌다. 몇 시간 후에 들어온 하티가 그 광경을 보고 내게 달려들었다. 우리는 서로를 죽일 것처럼 주먹으로 치고받으며 싸웠다. 코피가 나고 입술이 찢어지고 옷이 피범벅이 됐을 때 아버지가 돌아왔다. 싸움은 거기서 끝났다. 하지만 하티는 그날 집을 나갔고 사흘 동안 들어오지 않았다. 그 뒤 그는 가출을 반복했다. 집고양이가 야생에 적응할 때처럼 처음엔 짧게, 다음엔 길게, 그다음엔 더 길게 집을 나갔다. 결국 하티는 고등학교를 졸업하지 못했다.

이메일을 읽고 하티를 찾으러 베트남까지 왔으면서도 곧장 까오 커피농장을 찾아가지 않았다. 열흘 동안 호치민에 머물렀다. 새벽시장에서 막 잡아 온 생선들을 구경했다. 사람들이 늘어선 식당이 있으면 거기서 끼니를 때웠다. 걷다가 지치면 근처 카페에 들어가 사탕수수주스 같은 익숙하지 않은 맛의 음료수를 마셨다. 딸랑딸랑 종을 울리며 지나가는 자전거를 세워 아이스크림을 사 먹었고, 배가 고프면 길거리에서 파는 재료가 뭔지도 모르는 음식을 사 먹었다. 하티를 찾으러 가려면 그와 비슷해져야 할 것만 같았다. 나는 우연히 사이공강을 건너는 배를 타기도 했다. 배는 사람들과 오토바이를 싣고 강 이쪽에서 강 저쪽으로 오갔다. 때로는 호텔에서 너무 멀리 가서 쌔옴이라는 오토바이 택시를 타고 돌아오기도 했다. 관광객들이 들른다는 전쟁박물관이나 벤탄시장 같은 곳은 일부러 찾아가진 않았다. 어쩐지 관광객으로는 하티를 만날 수 없을 것만 같아서였다. 만나야 할 사람은 방 안에 있는데 그 방 앞까지 와서 옷매무새를 다듬고 있는 느낌이었다. 하티를 만나기 위해서는 그래야만 할 것 같았다.

그렇게 일주일이 지나자 거울 속 내 모습은 오랫동안 떠돌고 있는 사람처럼 보였다. 수염은 덥수룩했고, 피부는 검게 그을려 있었다. 무엇보다 눈빛이 불안했다. 자기를 스스로 지킬 수밖에 없는 사람이 가지는 불안한 눈빛이었다. 고작 일주일인데도 나는 떠도는 삶에 빠르게 적응하고 있었다. 한국에서의 삶이 어떤 것이었는지 아득했다. 이대로 돌아가지 않는다고 해도 상관없을 것 같았다. 하지만 하티를 만나러 가기엔 아직 턱없이 모자란다고 생각했다. 무엇보다 왜 그를 만나야 하는지 답을 찾을 수 없었다.

동커이 거리에서 소매치기를 당하지 않았다면 호치민에서 그냥 한국으로 돌아갔을지도 모른다. 그때까지도 나는 하티를 꼭 찾아야 할 이유를 찾지 못하고 있었다. 전의를 상실한 병사처럼 나는 달랏이란 곳까지 갈 엄두가 나지 않았다. 게다가 하티가 있다는 까오 커피농장까지는 달랏에서도 내륙으로 더 들어가야만 했다. 그곳이 어떤 곳인지는 내 상상 밖이었다.

그날 나는 숙소에서 제법 먼 뎜쎈공원까지 갔다. 호치민에

도착한 지 열흘째 되던 날이었다. 일요일이었고, 공원엔 사람들이 많았다. 벤치에 앉아 나들이 나온 베트남 사람들을 구경했다. 옆 벤치에서는 젊은 연인이 다른 사람의 눈을 아랑곳하지 않고 서로 손을 맞잡고 얘길 나누다가 종종 키스를 했다. 더위가 지겨워 어딘가로 들어가려고 걸었다. 통일회당을 뒤로하고 레주언 거리로 접어들었을 때 동물원이 보였다. 한눈에 전체가 다 들어오는 작은 동물원이었다. 무작정 거길 기웃거렸다. 플라밍고 떼를 보고 돌아섰을 때, 사람들이 몰려 있는 곳이 보였다. 그들은 얼굴을 유리 가까이 대고 뭔가를 보고 있었다. 유리 안에는 코브라가 사람들을 향해 공격 태세를 보이고 있었다. 옆은 코끼리 우리였다. 사육사가 코끼리 몸통에 진흙을 뭉개고 있었다. 나는 사육사가 코끼리에게 발라놓은 진흙이 마를 때까지 지켜봤다. 더위를 피해 카페를 찾아가려던 생각도 잊어버렸다. 녀석이 경석이라는 이름을 버리고 하티라는 이름을 사용하게 된 까닭이 궁금했다. 왜 하필 코끼리라는 이름을 택했을까. 코끼리 우리 앞을 확인했다. 껀 비아(con via)라고 적혀 있었다. 돌아서며 나는 껀 비아, 라고 발음해봤다. 동물원 앞에서 호텔로 돌아가기 위해 쌔옴을 탔다. 쌔옴은 큰길로 가다가 중간에 좁은 도로로 빠졌다. 그때부터 좀 수상하긴 했지만 퇴근 시간의 복잡함을 피해 가는 줄 알았다. 데탐 거리, 라고 소리를 질렀다. 헬멧을 쓰면 바람 소리 말고 잘 들리지 않는다는 걸 알면서도 큰 소리로 호텔 이름을 댔다. 쌔옴은 몇 번 더 길을 꺾더니 좁고 한적한 골목에서 멈췄다. 멈추자마자 기다리고 있던 한 남자가 다가왔고, 내 배낭을 빼앗았다. 그러고는 나를 태우고 온 녀석과 달아났다. 골목에서 놀던 아이들이 있었지만 그들은 그저 바라볼 뿐이었다. 다행히 배낭 안에는 약간의 현금과 빈 물통 같은 잡동사니들뿐이었다. 호텔에 도착하자마자 무작정 짐을 챙겨 체크아웃을 했다. 그때가 아니면 달랏에 갈 수 없을 것 같은 기분이 들었기 때문이었다. 그길로 미엔동 버스터미널로 가서 티켓을 끊었다. 그날 밤 자정 무렵 나는 달랏으로 가는 슬리핑 버스를 탔다. 드디어 달랏으로 가고 있었다. 베트남에 온 지 열흘째 되던 날이었다. 그렇다고 하티를 만날 이유를 찾은 건 아니었다. 그냥 무작정 나는 북쪽으로 가고 있었다. 하티가 있는 곳과 좀더 가까운 곳으로 가고 있을 뿐이었다. 호치민을 벗어나자 억수같이 비가 내렸다. 하티를 찾아 헤맸던 네팔의 몬순이 생각났다. 밤새 퍼붓다가 아침이면 거짓말같이 그치곤 하던 비. 자다 깨다를 반복하는 동안 비는 계속 내렸다. 꿈속에서도 환청처럼 빗소리가 들렸다. 그 소리 때문인지 옷이 점점 축축해지는 것 같았다. 옷이 비에 젖지 않게 하려고 몸을 웅크리며 잠결에 나는 옷을 자꾸만 여몄다. 귀가 먹먹하고 아파서 잠에서 깼을 때 버스는 오르막을 오르고 있었다. 어느새 비는 그쳐 있었고, 길은 짙은 안개로 뒤덮여 있었다. 안개가 흩어지면 그 사이로 얼핏얼핏 달랏 시내가 눈에 들어왔다.

하티, 드디어 왔다. 아마 난 버스에서 내리면서 그렇게 중얼거렸던 것 같다. 멀리 보이는 낮은 산 위로 희붐하게 아침해가 뜨고 있었다.

부온 마 투옷에 도착했을 때 이미 날은 컴컴했다. 시내는 조용했다. 대부분의 가게는 문이 닫혀 있었다. 사람들도 거의 보이지 않았다. 우리는 오토바이에 기름을 넣을 곳을 찾아다녔다. 점퍼를 입었지만 추웠다.

라오스, 라오스. 사거리에서 멈췄을 때 어둠에 그 끝이 잘 보이지 않은 길을 가리키며 쑤언이 말했다. 그쪽으로 가면 라오스 국경이 나온다는 말인 듯했다. 우리는 닫힌 가게 문을 두드려 겨우 기름을 넣을 수 있었다. 기름을 채우는 동안 쑤언이 먹을 것을 사 들고 왔다. 찹쌀떡과 연유가 많이 들어간 베트남식 커피였다. 따뜻한 커피를 마시자 몸이 훈훈해졌다.

그런데 하티는 누구야?

커피를 마시던 쑤언이 불쑥 물었다. 그녀가 영어로 묻는 것은 정확한 의사 전달을 하기 위해서였다. 하티가 누군데 이 밤에 그를 찾아가야 하지. 쑤언은 진지하게 묻고 있는 것이었다.

내 동생.

동생?

응, 하티는 내 동생이야.

나는 혼잣말처럼 중얼거리며 잔을 기울여 남은 커피를 마셨다. 밤에 잠긴 베트남의 작은 도시에서 만난 지 사흘밖에 되지 않은 여자에게 하티는 누구냐는 질문을 받은 것이 이상하기도 했다. 솔직히 나도 하티가 누군지 잘 몰랐다. 내 동생이라고 대답은 했지만 쑤언보다 모르는 것 같았다. 하지만 그 순간, 나는 드디어 하티 가장 가까이에 와 있다는 것을 느낄 수 있었다. 아는 사람이라고는 아무도 없고, 서 있는 곳이 도대체 어딘지 알 수 없는 곳에서. 돌아갈 곳은 아득하고 돌아가길 꿈꾸지만 쉽게 갈 수 없는 곳에서. 쑤언은 하티에 대해 더 묻지 않았다. 쉴 때마다 의식처럼 담배를 나눠 피웠던 것처럼 그 순간에도 쑤언은 담배를 꺼냈다. 쑤언과 나는 세상에서 뚝 떨어져 나와 새로운 세계로 들어가기 전의 의식처럼 천천히 음미하며 담배를 피웠다.

처음 내 이지라이더는 쑤언이 아니라 뚜이였다. 달랏의 카페에서 뚜이의 끈질긴 설득으로 결국 나는 다음날 뚜이의 오토바이를 타고 나짱까지 갔다 오기로 했다. 60달러를 요구했지만 흥정 끝에 50달러에 결정됐다. 대신 두 끼 식사비는 내가 지불하기로 했다.

다음날, 날씨는 맑았다. 출발 전에 뚜이는 오토바이 뒤 짐받이에 내 배낭을 묶었다. 가다가 사진을 찍고 싶거나 볼일이 있으면 등을 두드려 신호를 보내라고 뚜이가 말했다. 하지만 오토바이가 움직이기 시작하자 불안해졌다. 뚜이는 자주 가속 레버를 돌렸고 또 그만큼 자주 감속했다. 평지에서 속도를 높이다가 굽은 도로가 나오면 갑자기 브레이크를 잡았다. 그때마다 내 몸은 앞으로 쏠렸다가 뒤로 밀려나기를 반복했다. 나짱까지 가기 전에 달랏 시내를 돌아다녀보고 장거리를 뛸 것인지 결정할 걸 하는 후회가 몰려왔다. 뚜이가 가져온 헬멧도 불편했다. 헬멧 스크린을 내리면 덥고 답답했다. 호치민에서 쌔옴을 타고 천천히 달릴 때와는 전혀 달랐다. 그렇다고 스크린을 올리면 바람 소리 때문에 귀가 아플 정도였다. 헬멧을 쓰면 다른 소리는 잘 안 들렸지만 오토바이의 속도에 따라서 바람 소리는 그 세기가 달랐다. 왕복 300킬로미터나 되는 곳을 갔다 오겠다고 쉽게 결정한 것이 후회스러웠다. 게다가 달랏과 나짱은 고도가 1500미터나 차이가 나지 않는가.

나짱으로 가는 길은 예상했던 것보다 험했다. 구릉과 급경사 길이 반복됐다. 723번 도로를 타고 가다가 2번 도로로 접어들면서 내리막길이 길게 이어졌다. 커브 길에서 바퀴와 길의 마찰음이 들릴 때마다 어디에 처박힐 것만 같아서 조마조

마했다. 내리막이 끝나는 곳에서부터는 비포장도로였다. 오토바이가 지나는 뒤로 흙먼지가 일었다. 다행히도 도로는 한적했다. 화물 트럭과 관광객을 태운 이지라이더들이 가끔 보일 뿐이었다. 시간이 지나자 뚜이의 운전 패턴에도 좀 익숙해졌다. 종종 뚜이는 오토바이를 세웠다. 그러곤 정해진 위치에 나를 세우고 사진을 찍었다. 그것도 이지라이더들이 공유하고 있는 정보인 듯했다. 하티가 있는 까오 커피농장을 가려면 달랏에서 서쪽으로 가야 하는데 나는 정반대인 동쪽으로 가고 있었다. 더 깊은 산으로 들어가야 하는데, 바다를 향해 가고 있었다. 방향은 정반대를 향하고 있으면서 나는 뚜이의 등 뒤에서 까오농장으로 가고 있다고 생각했다. 나짱에서 강과 바다가 합쳐지는 지점을 바라보면서 하티를 만나는 상상을 했다. 강과 바다처럼 그렇게 아무렇지도 않게 만날 수 있었으면 좋겠다고 생각했다.

쑤언이 갑자기 오토바이를 세웠다. 칠흑 같은 어둠 한가운데 멈춘 것이다. 길을 잃은 것 같다고 했다. 까오농장으로 가는 길인지 잘 모르겠다는 것이다. 우리는 이미 두 번이나 길을 잘못 들어서 되돌아갔었다. 그런데 또 길이 틀리다면 까오농장을 찾아가는 것은 포기해야만 했다. 그날 밤이 아니면 내겐 기회가 없었다. 한국으로 돌아가야 할 날이 다가오고 있었다. 무비자 체류 기간이 얼마 남지 않은 상황이었다. 한국으로 돌아가려면 달랏에서 다시 호치민으로 가야 했고 그런 계산을 하면 그날 밤이 아니면 일정이 빡빡했다. 핸드폰을 켜서 위치를 확인하려고 했지만 불가능했다. 숲에서는 나뭇가지가 바람에 흔들리는 소리가 쉼 없이 들려왔다. 숲에서 뭔가가 튀어나올 것 같아서 신경이 곤두섰다. 쑤언이 종이 지도를 플래시로 비추며 길을 짚어보고 있었다. 그녀도 방향을 잃은 것 같았다. 그렇다고 거기 멈춰 있을 수만은 없었다. 어디로든 가야만 했다.

도깨비 나와요?

담배에 불을 붙이며 느닷없이 쑤언이 물었다. 담뱃불이 도깨비불같이 보이느냐는 물음 같기도 했다. 아니면 내가 무서워하는 걸 눈치채고 건넨 말인 것도 같았다.

쑤언, 도깨비는 한국에도 없어요. 사람들이 만들어냈을 뿐.

그녀가 알아듣지도 못할 말을 나는 중얼거리고 있었다. 불이 꺼지지 않은 담배꽁초가 포물선을 그리며 어딘가에 떨어졌다.

베트남에도 무서운 거 없어요. 세상에 무서운 건 없어요.

그녀가 영어로 또박또박 말했다.

고, 고, 고. 오토바이에 기어를 넣으며 쑤언이 말했다. 그녀에겐 어떤 두려움도 없어 보였다.

뚜이와 나짱에서 돌아오는 길은 최악이었다. 나짱을 출발할 때부터 내리던 비는 달랏에 도착할 때까지 멈추지 않았다. 길은 질척거렸고 진흙이 비옷 위로 튀어 올랐다. 움푹 팬 물웅덩이를 지날 때마다 오토바이가 흔들렸다. 비 때문에 시야가 흐릿한 탓도 있지만 뚜이는 난폭하게 오토바이를 몰았다. 속도를 내면 빗줄기가 아팠다. 속도를 줄이기엔 돌아가야 할 길이 너무 멀었다. 달랏까지 80킬로미터쯤 남았을 때 오토바이가 고장 났다. 잠깐 휴게소에 들렀다가 출발하려는데 시동이 걸리지 않았다. 부르릉 하던 소리가 덜덜덜거리다 꺼져버렸다. 뚜이는 비옷까지 벗고 오토바이 부품 이것저것을 만졌지만 소용없었다. 어딘가로 전화를 했다. 한 시간쯤 기다렸을까. 뜻밖에 쑤언이 나타났다. 몇 가지 확인한 쑤언이 오토바이 시동을 걸자 마법처럼 엔진에서 소리가 났다. 그때부터 나는 쑤언의 오토바이를 탔다. 그녀가 내 이지라이더가 되었다. 그녀의 운전 실력은 뚜이와 비교할 수 없을 만큼 수준급이었다. 굽은 길을 돌 때 알맞게 속도를 줄였고, 굽은 정도에 따라 오토바이를 기울였다. 그 흐름이 자연스러워 전혀 불안하지 않았다. 그녀의 오토바이를 탄다면 어디든 갈 수 있을 것만 같았다.

나중에 안 사실이지만 원래 쑤언의 남편이 이지라이더였다고 한다. 오토바이 타는 솜씨만은 달랏에서 알아줄 정도로 뛰어났다고. 거기에 반해 쑤언이 청혼을 받아들였다고 했다. 그런 그가 나짱에 갔다 오는 길에 마주오던 트럭과 부딪혀 그 자리에서 죽고, 뒤에 타고 있던 영국 남자만 살아남았다고. 남편 목숨값으로 겨우 오토바이를 사서 쑤언이 이지라이더가 된 것이 이 년 전이라고 했다. 그나마 오토바이라도 건졌으니 운이 좋은 편이라고, 쑤언이 애써 웃으며 말했다.

부온 마 투옷에서부터는 길이 아주 좁았다. 한 사람이 겨우 걸을 수 있는 폭이었다. 게다가 안개가 점점 짙어지고 있었다. 쑤언은 어느 때보다 조심스럽게 운전했다. 앞길을 밝히는 건 오토바이 헤드라이트뿐이었다. 한참을 갔는데 막다른 길이었다. 길을 따라갔는데 밀림이 나온 것이다. 지나왔던 갈림길까지 되돌아갔다. 거기서 다시 방향을 잡았다. 이러다가 밤새 숲을 헤매게 되는 건 아닐까. 농장에 하티가 없다면 모든 게 헛수고일 텐데 무모한 짓을 하고 있는 걸까. 하티를 만난다고 해도 내가 무슨 말을 할 수 있을까. 한국으로 돌아가자고 해야 하나. 쑤언의 등뒤에서 나는 이런 복잡한 생각들을 하고 있었다.

우리를 그 마을로 이끌고 잠까지 설치게 했던 향기의 정체가 호아쓰 꽃이었다는 걸 다음날 아침에 알았다. 연분홍 꽃잎을 매단 가지가 내가 잤던 방의 창 바로 앞까지 뻗어 있었다. 사실 우리는 까오농장으로 가는 방향을 상실해버렸다. 부온마 투옷까지는 잘 찾아갔다. 그런데 거기서부터는 길을 잘못 들어선 것 같았다. 우리는 몇 번이나 왔던 길을 되돌아갔다. 겨우 몇 미터 앞의 불빛만 보고 더듬거리며 한 시간쯤 달렸을 때 처음 그 꽃향기가 났다가 사라졌다. 다시 그 꽃향기가 났을 때, 우리는 향기가 점점 짙어지는 쪽으로 달렸다. 그 끝에 뭔가가 있을 거라고 믿었다. 그렇게 얼마나 갔을까. 멀리 불빛이 보였다. 작은 마을이었다. 그러니까 결국 우리는 꽃향기에 홀려 그 마을까지 간 것이다. 아침에서야 우리는 부온 마투옷에서부터 완전히 다른 길로 접어들었다는 걸 알았다. 까오농장이 있는 서쪽으로 가지 못하고 쁠레이꾸가 있는 북쪽으로 올라와버렸던 것이다.

그날 오후, 쑤언과 나는 갔던 길을 더듬어 달랏으로 돌아왔다. 우기라서 또 비가 내렸지만 쑤언에게는 기다리는 딸이 있었고, 나는 한국으로 돌아가야 할 시간이 가까워지고 있었다. 그렇게 비가 오는데도 담배를 포기할 수 없다며 쑤언은 오토바이를 세우고 근처 커피나무 아래로 나를 끌고 갔다. 비옷을 벗어 머리 위로 펼쳤다. 비닐에 겹겹이 싸인 담배를 꺼내 불을 붙였다. 한 사람은 비옷을 들어올리고 있어야 했기 때문에 한 모금씩 번갈아가며 피웠다. 눅눅한 담배 냄새가 향긋했다.

깊이 들이마셨다가 내뿜는 나를 보고 쑤언이 깔깔거리며 웃었다. 쑤언은 오래된 친구 같았다.

아직 엉덩이 아파요?

오토바이를 타기 전에 그녀가 물었다. 나는 고개를 저었다. 언제부턴가 엉덩이가 아프다는 걸 잊고 있었다. 이제 오토바이 뒷자리에 타는 것에 익숙해졌는데 여행은 끝나가고 있었다.

베트남을 떠나오던 날, 호치민 탄손누트공항에서 쑤언이 보낸 사진 한 장을 받았다. 사진 안에는 쑤언과 그의 딸 링이 있었다. 쑤언흐엉 호수가 배경이었다. 나는 달랏에 머무는 동안 호텔 앞에 있는 그 호숫가를 걷곤 했다. 그러고 보니 이지라이더 쑤언과 이름이 비슷한 호수였다.

가끔 나는 쑤언과 까오 커피농장을 찾아가던 그 밤을 떠올리곤 한다. 그럴 때면 그 길이 하티를 찾으러 갔던 길이었나 의심스럽다. 그를 만나러 간다면서 나도 하티처럼 그렇게 떠돌고 싶었던 건 아니었을까. 하티의 이메일을 확인하고 곧장 베트남으로 달려갔다면 그를 만날 수 있었을까 궁금하다. 시간만 계산한다면 만날 수 있었을 것이다. 하지만 그것은 단순한 계산법이라는 걸 안다. 쑤언과 내가 까오 커피농장을 찾아가면서 비포장도로나 오르막길을, 닥쳐올 밤을 계산하지 않은 것과 비슷했다. 이번에도 나는 하티를 찾으러 갔지만 그를 만나지 못했다.

얼마 전 쑤언이 전해준 소식에 의하면 하티가 농장에서 일했던 것은 지난여름까지라고 했다. 여름이 지나고 하노이로 떠났다고. 하노이라고 말했지만 꼭 그곳이 아닐 수도 있다고.

내 동생, 하티는 여전히 떠돌고 있다.

농게

집은 이 년 가까이 비어 있었다고 했다. 어떤 노인이 살기 시작한 것이 삼 년 전이었고, 그 노인이 떠난 것이 벌써 재작년 일이라고. 큰아버지가 요양병원에 들어간 것도 그즈음이었으니까 그때부터 집은 방치되어 있었다.

멀리서 봐도 집은 왼쪽으로 기울어져 있었다. 지붕의 잡풀과 배불뚝이처럼 부풀어 있는 흙벽, 썩고 뜯겨진 마룻장. 아무도 살지 않은 집은 내가 상상했던 것보다 훨씬 더 퇴락해 있었다. 썩은 기둥만 갈고, 기와 몇 개만 손보면 사람이 살 수 있을 거라던 큰아버지의 말과는 너무 달랐다. 큰아버지의 말을 그대로 믿었던 것은 아니지만 집이 이 정도까지 폐가가 되어 있을 줄은 몰랐다. 지난 이 년 동안 집이 이렇게 허물어져

버렸을 거라고는 큰아버지도 상상하지 못했을 것이다. 사람 손길이 닿지 않은 물건이 대개 그렇듯 아무도 살지 않는 동안 집은 스스로 무참히 낡아버렸다. 부엌 쪽 벽은 아예 흙이 떨어져 나가서 벽을 지탱하던 대나무 살이 드러나 있었다. 그 틈으로 아궁이와 나무 찬장이 보였다.

그 아궁이는 농게들의 무덤이었다. 마당까지 기어 온 붉은 농게들이 죽으면 엄마는 그놈들을 아궁이 속으로 밀어 넣어 태웠다. 농게들의 다섯 쌍 발은 불 속에서 움찔거렸다. 마치 다시 살아난 듯 꿈틀거렸다. 움직임이 멈출 때쯤 등껍질이 붉게 변했고, 터진 껍질 틈으로 물이 배어 나왔다. 탁탁탁. 곧 복부가 터지는 소리가 났다. 농게들이 하얗게 변해서 결국 불 속에서 그 흔적을 찾을 수 없게 될 때까지 나는 아궁이 앞에 쭈그리고 앉아 있었다. 그 기억 때문인지 집을 떠올릴 때면 가장 먼저 붉은 농게가 생각났다. 농게들의 무덤. 이렇게 말하는 것은 좀 과장일 수 있다. 하지만 누가 나에게 그 집을 설명하라고 한다면 먼저 농게들 얘기를 꺼낼 수밖에 없다.

어떻게 농게들이 마당까지 기어 오게 된 것인지, 아직도 수수께끼다. 집에서 갯벌이 멀지 않았지만 어쩌다 그렇게 많은 농게들이 집까지 몰려왔는지 알 수 없다. 물길은 갈대밭 사이로 길게 이어졌고, 바닷물은 그 물길을 따라 집 가까이 들어왔다. 게들은 갯벌 구멍 속에 웅크리고 있다가 바닷물이 빠져

나가면 먹이를 잡아먹는다. 그런데 많은 게들이 갯벌에서 나와 갈대밭을 지나 집까지 기어 왔던 것이다. 그중 몇 마리는 끝내 바다로 돌아가지 못했다. 마당을 헤집고 다니던 붉은 농게들이 머릿속에서 스멀거렸다.

모든 것이 시간과 함께 무너져 내린다고 하지만 시간이 가면서 더 굳건해지는 것도 있었다. 그 집에 대한 기억이 내겐 그랬다.

—아빠.

소리 나는 쪽으로 고개를 돌렸다. 멀리서 아들이 달려오면서 나를 부르고 있었다. 갈대밭 구경에 나섰던 아들과 아내가 노을을 등지고 이쪽을 향해 걸어오고 있다. 낯익은 실루엣이다. 그 옛날, 내 아버지와 엄마도 지금처럼 노을을 등지고 걸어오고 있었다. 아마 저쯤에서 아버지가 내 이름을 불렀을 것이다. 석준아, 하고.

그때가 몇 살이었을까.

이번에는 아내가 손을 흔들며 외친다. 나도 손을 흔들어 보였다. 아내의 모습과 엄마의 모습이 겹쳐 보인다. 그때 엄마는 나를 향해 손을 흔들었나, 흔들지 않았나. 다른 기억은 흐릿한데 그날도 노을은 저렇게 붉었다는 것만 또렷하다.

겨울 해거름, 나는 돌아갈 길을 잃은 붉은 농게처럼 잡풀 우거진 마당에 한동안 멍하니 서 있었다.

*

내가 다시 그 집을 방문한 것은 설을 며칠 앞두고였다.

폭설이 내릴 거라는 일기 예보를 보고 아내가 말렸지만 나는 이미 그 집을 다시 보러 가기로 마음을 먹고 있었다. 그 집을 사지 않겠느냐는 말을 큰아버지가 꺼냈을 때부터 마음이 바빴다. 몇십 년 동안 그 집에 아무런 관심이 없는 듯 지냈는데 갑자기 그 집으로 돌아가야만 할 것 같았다. 다른 사람 손에 집이 넘어가면 다시 사기는 어렵다. 병세가 날로 악화되고 있는 큰아버지 쪽도 집 문제를 빨리 마무리 짓고 싶을 것이다.

고속열차가 출발할 무렵 서울은 제법 굵은 눈송이가 떨어지고 있었다. 하지만 남쪽으로 내려가는 동안 눈발이 약해져서 S시에 도착할 즈음에는 눈이 그쳐 있었다. 잘 도착했어. 여긴 눈도 안 내려. 택시를 기다리는 동안 아내에게 전화를 했다. 응, 일 잘 보고 와. 아내는 출장 갔을 때 늘 하는 내용의 말로 답을 했다. 그 집을 사도 괜찮을 것 같다든가, 우리 형편엔 그 돈을 시골집에 묶어두긴 어렵다든가, 하는 구체적인 얘기를 일부러 피하고 있는 듯 보였다. 서울 생활을 청산하고 S시에서 살 것도 아니고, 여윳돈이 많은 것도 아닌데 고향 집에 미련을 버리지 못한 나를 아내는 마땅하게 생각하지 않았다. 현실적으로는 아내의 말이 옳았다. 우리 형편에 그 집에 돈을 묶어두는 것은 현명한 판단이 아니었다. 경제적인 것만 생각하면 집이 다른 사람 손에 넘어가든 말든 포기하는 것이 맞다. 하지만 그 집을 산다면 언젠가 그곳으로 돌아갈 수 있을 것만 같다. 그렇다면 나는 그 집으로 다시 돌아가기를 그렇게 바랐단 말인가. 붉은 농게들의 무덤이었던 그 집에 왜 돌아가고 싶었던 걸까.

*

물길은 갈대밭을 휘감고 돌아 먼 바다로 뻗어 있었다. 밀물이 되면 그 물길을 따라 바닷물이 갈대밭 깊숙이 들어왔다. 바닷물이 빠져나가면, 갯벌로 동네 아낙들은 뻘배를 타고 나갔다. 단순한 구조의 나무판이 갯벌 위를 미끄러지듯 나아가는 것이 어린 나에게는 신기하게만 보였다. 왼쪽 무릎을 굽혀 나무판자 위에 올리고 오른쪽 다리로 갯벌을 차서 밀며 앞으로 나갔다. 게나 고둥이나 꼬막을 잡아 왔다. 균형이 무너지면 뻘배도 뒤집혔다. 운이 나쁘면 갯골에 빠져 죽는 사고가 생기기도 했다. 엄마도 뻘배를 곧잘 탔다. 아버지가 학교를 그만두고 집으로 돌아온 후엔 더 자주 뻘배를 탔다. 겨울 꼬막과 여름 게는 생계 수단이었다.

아버지는 어느 날 갑자기 집으로 돌아왔다. 초등학교 교사였던 아버지는 외딴섬이나 버스도 드문 산골 학교만 자원해서 몇 년을 보냈다. 더 큰 도시로 나가려면 그렇게 해야 한다고 했다. 그런데 그런 아버지가 학교를 완전히 그만두고 돌연 집으로 돌아왔다. 물론 가장 놀란 것은 엄마였다.

집으로 돌아온 다음날부터 아버지는 일주일 동안 방에서 나오지 않았다. 방 안에서 웅얼웅얼거리는 소리가 가끔 들렸다. 방을 나온 아버지가 맨 처음 한 것은 바다까지 걸어갔다 돌아오는 일이었다. 그다음 날부터 아버지는 규칙적으로 새벽마다 갈대밭 사이의 물길을 따라 바다를 보러 갔다 왔다. 바닷물이 집 가까이 들어왔지만 바다를 보려면 긴 갯벌을 지나야 했다. 오줌을 누러 마당으로 내려가던 어느 새벽, 갈대밭 사이로 멀어지는 아버지의 모습을 봤다. 아버지는 호주머니에 손을 넣고 구부정한 자세로 걷고 있었다. 곧 갈대숲이 아버지를 가려버렸다. 가끔씩 갈대 위로 아버지의 머리끝이 보였다. 푸르스름한 하늘빛과 흔들리는 갈대 사이로 얼핏얼핏 보이던 아버지는 어느 순간 사라져버렸다. 다섯 쌍의 다리를 버둥거리다가 뻘 속으로 자취를 감추어버린 붉은 농게가 떠올랐다. 갈대밭을 걸어간 사람은 진짜 아버지가 아니라 아버지의 환영 같았다.

아버지가 돌아올 때까지 엄마는 아침밥을 준비했다. 아침마다 시끄럽던 엄마의 잔소리도 아버지가 돌아온 다음부터

들을 수 없었다. 가끔 등굣길에 산책에서 돌아오는 아버지와 마주쳤다. 누나와 나는 낯선 사람에게 하듯 아버지에게 인사를 했다. 아버지도 인사를 받는 둥 마는 둥 스쳐 지나갔다. 그때 스쳐 가던 아버지에게서는 진한 바다 비린내가 났다. 아버지는 무엇 때문에 날마다 그곳까지 갔다 오는 걸까. 거기 뭐가 있어서. 무얼 보고 오기에 초점 없는 눈을 하고 저렇게 허적허적 걷는 걸까. 그런 생각이 들면 아버지에게서 났던 그 바다 냄새가 더 낯설었다. 집으로 돌아온 아버지는 가짜가 아닐까. 진짜 내 아버지는 남해 어느 섬에서 아직도 아이들을 가르치고 있을 거야. 발에 걸린 돌멩이를 차며 그렇게 중얼거렸다.

*

그 마을로 가는 도로가 모두 폐쇄되었다는 걸 알게 된 것은 택시를 탄 후였다. 큰아버지를 만나기 전에 혼자 다시 집을 천천히 둘러보고 싶었다. 목적지를 말하자 택시 기사는 조류독감 때문에 마을까지 못 간다는 말부터 꺼냈다.

—조류독감요? 그 근처에 양계장이 있나요?

좀 의아해서 물었다. 지난번 둘러봤을 때 양계장이나 오리농장처럼 보이는 건물은 보이지 않았다. '조류' 혹은 '조류독감'과 연결할 만한 아무것도 떠오르지 않았다.

—여기 사람이 아닌가 봐요? 철새들이 조류독감을 퍼트린다고 폐쇄한 거 아닙니까. 벌써 일주일쯤 된 걸요. 다음주가 철새축제 시작인데 그때까지 통제가 안 풀리면 축제고 뭐고 다 취소해야 할 판이에요.

—갈대밭 입구에서 걸어갈 순 있겠죠?

—여기 사람도 아닌데 갈대밭은 잘 아시네요.

—갈대밭이야 워낙 유명하잖아요.

여기가 고향이라고 말하면 이것저것 물어올 것이 뻔했다. 지방 소도시란 한 사람의 이름만으로도 쉽게 그 연결 고리를 찾게 된다. 그때부터는 급격히 친한 사이가 되고, 쓸데없는 질문들을 받게 된다. 그게 싫었다. 나는 애써 방문객인 것처럼 서울 말씨로 둘러댔다.

—갈대밭이 유명해지면서 그 동네가 부촌이 됐죠. 예전엔 가난한 마을이었는데…… 갈대밭은 가보셨죠?

—아니요. 제대로 구경한 적은 없어요.

그곳이라면 누구보다 잘 알고 있다고, 거기서 열다섯 살까지 살았다고 말하고 싶은 걸 참고 짐짓 모른 척했다.

—기사님은 여기가 고향이신가 보죠?

—여기서 태어났고 여길 떠난 적이 별로 없어요. 서울에서 한 일 년 살긴 했는데, 난 도저히 거기선 못 살겠더라구요. 차

들도 복잡하고, 밥을 먹어도 소화가 안 되고…… 그래서 때려치우고 내려왔죠 뭐. 속 편하고 좋아요. 불알친구들과 가끔 만나서 놀 수도 있고.

나랑 나이가 비슷한 것 같기도 했고, 나보다 열 살쯤 많아 보이기도 했다. 나이를 짐작하기 어려운 얼굴이었다. 비슷한 또래라면 지금이라도 내가 이름을 말하면 5분 안에 나에 대한 신상정보를 알 수 있을 것이다. S시는 그런 도시였다. 조용히 있는 편이 나을 듯했다. 차창에 낀 서리를 손으로 닦았다. 동천(東川)을 가로지르는 다리를 건너고 있었다.

—갈대밭도 유명하지만 철새도 장관입니다. 요즘엔 흑두루미, 저어새, 도요새, 검은머리갈매기, 혹부리오리가 많아요. 물론 종류도 다양하지만 그 수도 엄청납니다. 조류학자들이 그랬다네요. 이런 곳은 세계적으로 찾아보기 힘든 곳이라고. 시베리아처럼 추운 곳에서 남쪽으로 내려오는 철새들이나 서늘한 곳을 찾아온 철새들이 살기엔 여기처럼 적합한 곳이 없답니다. 민물과 바닷물이 만나니까 먹이도 풍부하구요.

코너를 돌자 시야가 확 트이더니 멀리 갈대밭이 보였다.

—저기 저 야트막한 산 보이시죠? 저게 용산이라는 곳인데 저기서 보는 새들의 첫 비행이 아주 장관입니다. 여기서 묵으실 거면 내일 아침에 한번 올라가보세요. 저기 저 갈대밭 입구부터는 걸어가야 할 겁니다. 걸을 만합니다. 일부러 구경도 오

는데요. 그 마을에 원래 살던 사람들은 거의 떠나고 지금은 외지 사람들이 펜션이다 카페다 지어놓았어요. 관광지가 됐죠.

택시는 이미 갈대밭 입구로 들어서고 있었지만, 택시 기사는 뭔가 아쉬운 듯 그 마을에 대한 얘길 다시 시작했다. 시청 직원인 듯 보이는 사람이 차를 세웠다. 택시비를 지불하고 내리려고 할 때 기사는 명함 한 장을 내밀었다.

—용산까지 걸어서 가기 싫으시면 아침에 콜 하세요.

*

탐방로는 두 갈래로 나뉘어 있었다. 한쪽은 갈대밭을 가로질러서, 다른 한쪽은 바닷물이 들어오는 물길 방향으로 나 있었다. 갈대들은 꽃이 핀 채 박제처럼 말라 있었다. 북슬북슬한 갈대 씨앗 뭉치가 햇살에 금빛을 띠었다. 새 떼가 날아올랐다. 새 떼는 멀리 가지 않고 건너편 갈대 속으로 내려앉았다.

물길 쪽 탐방로를 따라 걸었다. 물길을 최대한 가까이 볼 수 있도록 탐방로는 설계되어 있었다. 갯벌의 작은 구멍들이 선명하게 보였다. 게들이 들락거리는 것을 볼 수 있을 것 같아서 걸음을 멈췄다. 숭숭 뚫린 구멍은 빈집처럼 조용했다.

농게는 몸집에 비해 집게발이 기형적으로 컸다. 붉은 집게발을 치켜들고 허둥대며 이리저리 돌아다니는 모습이 우스꽝

스러웠다. 어떤 놈은 마당과 토방을 연결하는 몇 개의 돌계단을 기어올라 마루 밑까지 오기도 했다. 바다에서 멀어질수록 돌아가기 어려운 것은 물론이다. 농게의 삶으로 보자면, 토방은 바다로 다시 돌아가기엔 너무 먼 거리였다. 그들은 바다를 등지는 순간부터 삶에서 멀어졌다. 그렇다면 농게들은 죽기 위해 돌계단을 힘겹게 기어올랐던 것일까. 붉은 농게들을 떠올릴 때마다 그런 의문이 생겼다. 마당과 토방 위는 한 걸음에 불과했지만, 농게들에게는 아득한 거리였다. 돌아갈 수 있는 것과 돌아갈 수 없는 것 사이였다. 삶과 죽음의 간극이었다. 아무것도 들락거리지 않는 갯벌의 구멍들을 보고 쓸데없는 생각에 한동안 잠겨 있었다.

집으로 돌아온 아버지는 한동안 아무 일도 하지 않았다. 농사를 짓지도 않았고, 어선을 타고 바다로 나가지도 않았다. 생계는 오로지 엄마의 몫이었다. 막걸리에 취한 엄마가 가끔 큰소리를 내며 퍼부었지만 그럴 때도 아버지는 아무런 대꾸를 하지 않았다.

그렇게 일 년쯤 지났을까. 아버지는 오이 농사를 시작했다. 비닐하우스 노란 오이꽃 속에서 여름 내내 아버지를 찾았다. 나무 상자에 오이를 담아 트럭에 실어 보내는 아버지를 하굣길에 만나곤 했다. 나는 종종 친구들을 데려와 오이 따는 것을 도왔다. 친구들이 돌아갈 때 아버지는 오이를 한 아름씩 들려

보냈다. 그해 여름이 아버지와 가장 가깝게 지냈던 시간이 되고 말았다. 짧은 시간, 그렇게 아버지는 내 곁에 있었다. 다음 해, 오이값이 폭락하고 빌린 돈의 이자도 낼 수 없게 되자 밭을 모두 팔았다. 그리고 다시 아버지는 아무 일을 하지 않고 지냈다. 그때부터 아버지는 삶을 놓아버렸는지도 모른다.

오이 농사로 한동안 중단되었던 새벽 산책이 다시 시작되었다. 돌아오는 시간은 점점 늦어졌다. 어느 날엔 동이 틀 무렵 나가 정오가 되어야 돌아왔다. 물론 아침밥도 거른 채였다. 아버지는 여전히 호주머니에 손을 찌른 채 그 빈 호주머니 속에서 뭔가를 찾듯 걸었다. 그러다가 어느 날 새벽에 나간 아버지가 정오가 되어도, 해가 져도 돌아오지 않았다. 하루, 이틀, 사흘…… 수소문을 하고, 수색을 해도 아버지를 찾지 못했다.

일주일째 되던 날, 밀물에 시체가 하나 밀려왔다. 아버지였다. 누나와 나는 아버지가 아주 멀리 떠났을 거라고 생각했다. 그런데 아버지가 간 곳은 고작 밀물에 떠밀려 올 수 있는 거리였다. 아무도 찾을 수 없는 곳으로 떠났을 거라고 믿고 있었던 나로서는 배신감마저 들었다. 떠나려면 더 멀리 떠났어야 하지 않을까. 장례식이 치러지는 동안 엄마도, 누나도, 나도 눈물을 흘리지 않았다. 대신 오랜만에 나타난 큰고모가 사흘 내내 곡을 했다. 곡을 얼마나 서럽게 하는지 아버지의 죽음이 슬퍼서가 아니라 그 곡소리 때문에 몇 번이고 눈시울이 뜨거워졌다.

결국 가장 먼저 그 집을 떠난 사람은 아버지가 되었다. 이듬해 누나는 부산으로 갔다. 좀 넓은 바다를 보며 살고 싶다고 누나가 말했다. 얼굴이나 성격이 아버지와 비슷한 누나가 그런 말을 한 게 당연한 것처럼 생각됐다. 그땐 그랬다. 하지만 누나도 무작정 어디론가 멀리 떠나고 싶지 않았을까, 라고 생각한 것은 시간이 많이 흐른 뒤였다.

갈대밭에서는 마른 짚 냄새가 났다. 습기가 밴, 온기를 머금은 그 냄새는 아늑했다.

어린 우리에게 갈대밭은 금지 구역이었다. 어린아이뿐만 아니라 어른들에게도 마찬가지였다. 뱀에게 물린 사고는 대부분 갈대밭에서 일어났다. 갈대밭 근처 갯벌은 가장 위험한 곳이었다. 밀물과 썰물이 만나는 곳에 늪이 만들어졌다. 그곳에 발을 딛기라도 하면 헤어 나오기 힘들었다. 한번은 갈대밭 한가운데에서 신원 미상의 시신이 발견되기도 했다.

갈대밭엔 가지 마라. 수없이 그 말을 들었지만 어린 우리들은 어른들 몰래 갈대밭에서 많이 놀았다. 몸을 완전히 숨길 수 있는 그곳은 아무 놀이를 하지 않아도 좋았다. 누구나 완전한 비밀의 장소를 가질 수 있었다. 여름이면 발밑으로 새끼 게들이 기어 다녔다. 게 몇 마리를 잡아 친구들끼리 달리기 시합을 시켰다. 우리는 구멍을 파고 게들을 그곳으로 몰았다. 아이들은 자기 게가 원하는 방향으로 가도록 소리를 지르며 손바닥으로 땅을 쳤다. 하지만 게들은 엉뚱한 방향으로 가거나 제자리에 멈추고 말았다. 가끔 우연히 구멍으로 들어가는 게가 있었다. 그럴 때마다 무슨 기적이라도 본 것처럼 우리는 환호성을 질렀다.

하루쯤 영웅이 되고 싶으면 갈대밭으로 들어가 뱀을 잡으면 됐다. 뱀을 막대에 감고 동네를 활보하면 저절로 아이들이 몰려왔다. 막대에서 떨어지지 않으려고 뱀이 꿈틀거릴 때마다 아이들이 괴성을 질렀다. 하지만 그 곁을 떠나는 아이들은 없었다. 그렇게 하루 종일 놀다가 지쳐서 뱀을 풀어준 곳도 갈대밭이었다.

그렇게 놀던 아이들은 어른이 되었다. 아이가 어른이 되는 동안, 버려졌던 땅은 유명 관광지가 되었다. 생계였던 뻘배 타기는 아이들의 체험 프로그램이 되었고, 전쟁놀이를 하던 뒷산은 철새 탐조 장소가 되었다. 물길에는 보트가 띄워졌고, 갈대밭 외곽에는 모노레일도 깔리고, 카페와 식당이 들어섰다.

*

아버지가 남긴 빚을 갚을 수 없어 결국 그 집은 경매에 부쳐졌다. 엄마와 나는 간단한 짐만 꾸려서 서울로 떠났다. 집은 모르는 사람에게 낙찰되었다. 그 후 몇 번 주인이 바뀌었고, 큰아버지가 그 집을 다시 사들인 것은 십 년 전쯤이었다. 집이 매물로 나왔을 때 부동산에서 큰아버지에게 연락을 했던 모양이었다. 그래도 연고가 있는 사람이 사는 게 낫지 않겠느냐고.

엄마는 돌아가시기 전 몇 달 그 집에 머물렀다. 더 이상 병원 치료가 어려운 말기암 환자가 되어 그 집으로 돌아갔다. 잠깐 동안이라도 집에서 살고 싶다는 엄마의 바람이 이루어진 셈이다. 그러니까 마지막까지 그 집을 지킨 것은 엄마였다.

돌아오고 싶었니? 걸으며 나는 스스로에게 묻고 있었다. 누구에게도 다시 그 집으로 돌아가고 싶다고 말한 적이 없었다. 하지만 그 집으로 다시 돌아가겠다고 나는 나 자신에게 수없이 말을 했었다. 기억 속의 그 집은 늘 견고했다. 낡지 않고, 퇴락하지 않은 채 굳건히 남아 있었다. 적어도 내 기억 속엔, 그랬다. 아무도 살지 않은 집은 조금씩 부서지고, 천천히 허물어져갔지만 내가 기억하는 그 집은 그대로였다. 모든 것이 시간과 함께 무너져 내린다고 하지만 시간이 가면서 더 굳건해지는 것도 있었다. 그 집에 대한 기억이 내겐 그랬다.

*

여자는 어디서 나타난 것일까. 모노레일 역을 둘러보고 자판기에서 커피 한 잔을 뽑아서 돌아섰을 때 여자가 서 있었다. 순간적으로 놀라서 한 발 뒤로 물러섰다. 내 행동에 아랑곳하지 않고 여자는 태연히 자판기에 동전을 집어넣었다. 분명 모든 출입구는 폐쇄되었다고 들었는데 어디서 나타난 것일까.

다시 눈이 시작되려는지 이따금 먼지처럼 눈발이 날렸다. 날아가던 눈은 어느 지점에서 허공으로 사라졌다. 서두를 이유는 없었다. 내일 올라갈지도 모른다고 아내에게 미리 말해 놓길 잘했다. 큰아버지가 입원해 있는 요양병원도 들러야 한다면 오늘 서울로 올라가는 것은 무리였다.

—밤에 눈이 많이 올 것 같은데요.

내가 앉은 곳에서 한 칸 건너편 의자에 앉은 여자는 하늘을 올려다보며 말했다. 아직 해가 질 시간은 아닌데 사위가 어둑했다.

—그래도 여긴 눈이 그리 흔한 곳은 아니잖아요.

눈이 자주 내리긴 했지만 많이 쌓였던 적이 없었다.

—여기가 고향인가요?

—네, 그런 셈입니다만. 떠난 지 오래됐어요.

—그런데 여긴 출입을 통제하고 있는데, 어떻게 들어오셨어요?

—여길 가로질러 저 마을까지 가는 중입니다. 해룡마을요. 그런데 그쪽은 어떻게 들어왔어요?

—관리사무소에서 일해요. 들어오실 때 보셨죠? 정문 왼쪽에 있는 건물.

그제야 여자가 불쑥 나타난 것이 이해됐다. 불쑥 나타났다는 것은 내 입장이고 여자가 보기엔 내가 '불쑥 나타난' 것처럼 보였을 수도 있었다. 여자는 아무도 없을 때 좀 둘러보려고 걷던 중이라고 했다.

—열다섯 살까지 해룡마을에 살았어요. 여기 이 갈대밭이 놀이터나 다름없었죠. 그땐 좋다든가 아름답다든가 하는 생각은 못했고 좀 지긋지긋했어요. 그저 빨리 떠나고 싶었어요.

여자는 건성으로 듣고 있는 듯 보였다. 커피를 다 마시고 우리는 같이 걸었다. 나는 마을 쪽으로 가는데 그녀도 그 방향인 듯 따라나섰다. 여기가 고향인가요? 이번엔 내가 여자에게 물었다. 아뇨, 여기서 가까운 낙안에서 자랐어요. 대학은 여기서 나왔구요. 낙안이라면 우리 고모님이 거기 살았는데. 아주 어렸을 때 엄마 손을 잡고 갔던 기억이 있어요. 버스가 비포장도로를 얼마나 달리는지 차멀미를 해서 다시는 안 가야지 다짐했던 곳입니다. 지금은 거기도 많이 변했죠? 차로 가면 여기서 30분밖에 안 걸려요. 그때가 언젠지 모르겠지만 호랑이 담배 피우던 시절 얘기 같아요. 그런가요? 이제 고모도 돌아가셨고 거기도 아는 사람이 아무도 없어요.

탐방로가 갈라진 곳에서 우리는 멈춰 섰다. 길은 거기서 다시 나누어져 있었다. 오른쪽은 갈대밭으로 들어가는 길이고, 왼쪽은 물길을 따라가는 길이었다. 물길 쪽으로 나 있는 탐방로로 방향을 잡은 여자가 나를 불렀다.

—저기 보이는 게 와온마을이에요. 낙조가 아름다운. 오늘은 날이 흐려 낙조를 볼 수 없지만 다음에 오시면 꼭 저길 가보세요.

여자의 손끝이 가리키는 곳은 땅과 바다와 하늘의 경계가 흐릿했다. 새벽마다 아버지가 걸어갔다 돌아오던 곳이 저 바다가 아닐까, 하는 생각만 들었다.

—여기서 가장 가까운 바다가 저긴가요?

—아마 그럴걸요.

—저기까지 걸어가면 얼마나 걸릴까요?

—글쎄요. 서너 시간은 걸리지 않을까요. 저래 보여도 꽤 먼 거린걸요.

—제가 알던 어떤 사람이 매일 저기까지 걸어갔다 걸어왔거든요.

나는 굳이 그 사람이 아버지라고 말하지 않았다. 여자도 고개만 끄덕일 뿐 그 사람이 누군지 묻지 않았다.

—그 사람이 뭘 보려고 저기까지 갔는지 지금도 잘 모르겠어요.

나는 작은 소리로 중얼거렸다. 물길 옆 갯벌에 앉아 있던 새 떼가 한꺼번에 날아올랐다.

—노랑부리저어새에요. 여기서 겨울을 나고 봄에 북쪽으로 날아가요. 부리를 물속에 넣고 좌우로 저으면서 먹이를 찾는다고 저어새라고 이름을 붙였대요. 재밌죠? 직원들 교육 시간에 들은 얘기니까 맞겠죠?

손으로 가로로 젓는 시늉을 하며 '저어새'라고 다시 말했다.

—저도 갯벌에 얽힌 재밌는 얘길 하나 들려줄까요? 저 어렸을 때 저쪽에 교회가 하나 있었어요.

나는 새가 날아간 곳을 가리켰다.

—시골 교회였지만 건물도 현대식이었고 그 당시로는 흔하지 않은 피아노도 있었어요. 교회 반주를 도맡았던 목사의 큰딸이 어느 날 사라진 거예요. 궁금한 신도들이 목사에게 안부를 묻자 서울로 공부를 하러 갔다고 목사는 둘러댔죠. 그런데 열흘쯤 후, 갯벌에서 그 목사의 큰딸이 신던 빨간 구두 한 짝이 발견되었어요. 누군가 갯벌에 처박힌 구두를 꺼내 온 거죠. 빨간 구두가 흔하지 않던 때라 그 구두 한 짝으로 모든 진실이 밝혀졌어요. 근처에 주둔해 있던 부대의 군인과 연애를

하다가 그 군인이 제대하자마자 서울로 도망갔던 거죠. 두 사람의 교제를 심하게 반대한 목사 때문이었다고 해요.

—후후후, 재밌네요. 그다음은 어떻게 됐어요? 그 큰딸은 영영 안 돌아왔나요? 그럼, 교회 반주는요?

—안 돌아왔어요. 반주는 둘째 딸이 맡았구요.

멀리 내가 살았던 집이 보였다. 그 집을 나는 손가락으로 가리켰다. 저는 저쪽으로 가야 해요. 여자는 가볍게 목례를 했고, 나는 손을 살짝 들어 보였다. 사위는 어두워 있었다. 아무래도 오늘은 올라가기 어렵겠다고 아내에게 문자메시지를 보냈다. 응, 하고 짧게 답이 왔다.

*

푸르스름한 하늘을 배경으로 섬이 보였다. 검게 보이는 섬에는 작은 불빛 몇 개가 박혀 있었다. 저기 보이는 것이 서(西)여자도, 그 오른쪽이 동(東)여자도, 그 두 섬 사이로 장도가 보일 겁니다. 택시 기사는 바다 쪽은 보지도 않고 말했다. 서여자도만 또렷하게 보일 뿐 나머지 두 섬은 흐릿했다. 바다와 섬의 경계가 모호했다.

집을 둘러보고 머뭇거리는 사이 제법 굵은 눈송이들이 떨어졌다. 큰아버지를 만나러 가는 것을 포기하고 근처 펜션을 찾아갔다. 펜션은 조용했다. 갈대밭이 폐쇄됐으니 다른 숙박객이 있을 리 없었다. 쉽게 잠이 오지 않았다. 이런저런 생각들을 하다가 잠이 들었다. 마지막으로 시간을 확인한 게 새벽 2시 30분이었다. 언제 잠이 들었는지 알 수 없었다. 눈을 떴을 때엔 창이 희붐했다.

바다를 향해 걷고 있었다. 나도 모르게 발길은 바다를 향하고 있었다. 기억 속의 아버지처럼 나는 일부러 어깨를 꾸부정하게 한 채 물길을 따라 걸었다. 아직 아버지의 발자국이 새겨져 있기라도 한 듯 또박또박 간격을 맞춰 걸었다. 아마 그 길은 언젠가 아버지가 걸었던 길이었을지도 모른다. 바닷물이 물길을 따라 들어오고 있었다. 바다를 메우고 공단이 들어선 다음부터 바닷물의 흐름이 많이 바뀌었다고 한다. 그 흔하던 붉은 농게들을 보기 힘들게 된 것도 그때부터라고 했다. 나는 내가 붉은 농게라도 된 것처럼 물길 가까이 내려가보기도 했다. 가끔 뒤돌아보면 돌아갈 길이 막막했다. 호주머니 속 택시 기사의 명함을 떠올린 것은 새들의 첫 비행을 보기 위해서가 아니라 어찌할 수 없는 막막함 때문이었다.

망원경 안으로 산 아래쪽 갈대밭이 보였다. 새들은 아직 잠에서 깨어나지 않은 모양이었다. 이른 새벽 갈대밭 사이를 걸어 멀어져가던 아버지의 모습과 첫 비행을 위해 한꺼번에 날아오르는 철새들을 상상했다. 몇 발자국 떨어진 곳에 서 있는 택시 기사는 수첩에 뭔가를 기록했다. 그는 철새지킴이 자원봉사를 하고 있다며, 회원들끼리 당번을 정해서 철새들의 종류와 개체수를 기록하고 있다고 했다.

—농게들은 없나요? 붉은 농게 말입니다.

나는 기어이 농게 이야기를 꺼내고 말았다.

—아, 농게를 아십니까? 한때는 이 근방에 붉은 농게들이 아주 많았다고 들었습니다. 지금은 씨가 말라버려서 거의 볼 수가 없지만. 농게들이 사라진 게 물길이 바뀌었기 때문이라고 하는 사람도 있고, 새들이 많아지면서 차츰 없어졌다고 하는 사람도 있어요.

택시 기사는 다시 망원경 속 철새들을 헤아리기 시작했다.

—죽을 줄 알고 왜 마루까지 기어 왔는지 아직도 잘 모르겠어요.

먼 갈대밭을 내려다보며 나는 중얼거렸다. 내 말이 들리지 않는지 택시 기사는 여전히 망원경에 눈을 대고 있다. 나는 몸을 오른쪽으로 틀어 산자락에 반쯤 가려진 집을 내려다봤다. 커다란 집게발을 치켜들고 마당을 가로질러 가는 붉은 농게 한 마리가 렌즈 안에 나타날 것 같았다. 마당 어딘가를 헤매고 있는 농게를 찾기라도 하려는 듯 나는 망원경을 이리저리 움직였다.

귀신고래 찾아가는 밤

갈필(渴筆).

귀신고래의 꼬리지느러미 움직임을 떠올리자 그 단어가 생각났다. 몸통은 엷은 먹물로 번지듯 그렸다. 위턱과 아래턱을 한 획으로 날렵하게 긋고, 몸통은 최대한 가볍게 붓을 놀려 부드러운 곡선을 만들었다. 귀신고래 등에 기생하는 흰 따개비는 더 묽은 먹물을 사용했다. 흐린 얼룩들이 화선지에 번졌다. 꼬리지느러미를 그리기 직전, 붓은 적당히 말랐다. 뻣뻣해지고, 털이 갈라졌다. 더 이상 먹물을 적시지 않고 붓을 문지르듯 귀신고래를 완성할 생각이었다. 때론 먹물 사용을 최대한 억제한 갈필의 여백이 더 강한 느낌을 만들기도 한다.

화선지에 귀신고래를 그릴 생각을 한 것은 영화 때문이었다. 스크린 속, 귀신고래는 빛이 거의 없는 컴컴한 바닷속을 유영했다. 노를 젓듯 가슴지느러미를 움직이며 거대한 회색 몸통을 끌고 천천히 나아갔다. 지구상의 회유동물 중 가장 먼 여행을 하고 돌아온다는 말이 믿기지 않을 만큼 놈은 서두르지 않았다. 방향을 바꾸거나 빨리 움직일 때만 꼬리지느러미를 사용했다. 가끔 바다 밑바닥을 입으로 헤집고 한껏 바닷물과 진흙을 빨아들였고, 수염판 사이로 진흙을 내뱉었다. 내뱉어진 진흙으로 스크린이 뿌옇게 흐려졌을 때, 나는 그날의 기억이 선명하게 되살아났다.

그날 밤, 서실 문을 열고 창(昌)이 나타난 것은 자정이 넘은 시간이었다. 회색 바지와 네이비색 점퍼. 가을이면 그가 즐겨 입던 차림이었다. 제법 추워진 바깥 날씨를 생각하면 그의 옷차림은 지나치게 가벼워 보였다. 울산에 있는 그가 서울까지 단숨에 올라온 것은 예전에도 종종 있는 일이었다. 연락 없이 불쑥 찾아와서 '보고 싶었어'라며 나를 놀라게 하곤 했다. 하지만 그렇게 늦은 시간은 처음이었다. 평상시라면 10시쯤 서실 문을 닫았기 때문에 허탕을 쳤을 것이다. 그날은 개인전 준비 때문에 좀 늦게까지 남아 있었다. 드문 일이었다.

"웬일이야? 퇴근했으면 어쩌려구. 연락도 없이."

"연락했으면 오지 말라고 할 게 뻔해서. 너랑 함께 갈 데가 있어."

"지금, 이 시간에?"

"그 암각화 보러 가자. 귀신고래가 있던."

"이 밤중에 암각화는 뭐고, 또 귀신고래는 뭐야? 그러지 말고 일단 좀 앉아."

그의 손을 잡아끌었다. 차고 뻣뻣했다. 조금만 힘을 주면 툭, 하고 부러질 마른 나뭇가지 같았다. 책상 위에 어지럽게 널린 화선지 더미를 치웠다. 먹물 자국투성이인 녹색 융단이 드러났다.

"잠깐 앉아. 뭐 마실 거라도 줄까?"

나는 허둥대는데 그는 태연히 문 앞에 서 있었다. 아무 소리도 들리지 않는 귀머거리처럼.

"같이 간 적이 있지? 그 반구대 암각화, 거기 가자고."

내 말을 못 알아들은 사람처럼 그는 그가 하고 싶은 말만 반복했다.

"암각화를 보러 가더라도 내일 아침에 출발해야 할 거 아냐? 천장 안 무너지니까 일단 앉아."

의자를 손으로 가리키며 다시 그의 손을 잡아끌었다.

"차 시동도 안 끄고 올라왔어. 지금 내려가면 새벽엔 그 강에 도착할 수 있을 거야."

"아니, 그 몸으로 운전을 해서 올라왔다고?"

뇌혈관이 터져 수술을 받은 것이 3개월 전이었다. 그때 넘어지면서 광대뼈가 함몰되었다. 물리치료를 받고 있지만 완전히 회복되지 않아서 오른쪽 다리를 끌다시피 한다고 들었다. 얼마 전, 창을 돌봐주고 있는 중국인 아주머니와의 통화에서 그렇게 들었다. 그런데 다섯 시간 가까이 되는 거리를 운전해서 서울까지 왔다니.

"창, 괜찮아?"

좀더 가까이 다가섰다. 볼, 광대뼈, 목, 어깨, 팔 등을 찬찬히 만져보았다. 중국인 아주머니에게 들었던 것보다는 컨디션이 좋아 보였다.

"걷기엔 아직 불편하지만 운전은 괜찮아."

"그래도 다섯 시간은 운전했을 텐데 이 길로 되짚어가자고?"

"빨리 챙겨. 차 안이 추워질까 봐 시동도 안 껐다니까."

"정말, 이대로 가자고?"

"응. 저기 그렇게 써 있잖아."

그가 가리키는 한쪽 벽을 쳐다봤다.

"즉시현금, 갱무시절(卽時現金, 更無時節)."

벽에 걸린 글씨를 그가 소리 내어 읽었다. '바로 지금이지, 그때는 다시 없다.'

즉시현금, 갱무시절. 생각만 많고 행동이 부족한 나를 경계

하려고 서실 벽에 써놓은 글귀였다. 그래, 가자. 포기하는 심정으로 나는 의자에 걸쳐두었던 코트를 집어 들었다. 창이 고집을 피우기 시작하면 말릴 수 없다는 것을 누구보다 잘 알고 있는 내가 아닌가. 일단 출발하고 피곤하면 내가 운전을 해도 되고, 휴게소에서 쉬었다 가면 될 것이다. 작품을 표구사에 넘겼으니 개인전 준비에서 제일 중요한 일은 끝낸 셈이었다. 나머지 일들은 하루이틀 미룬다고 큰일 날 것들은 아니었다.

그 여행은 그렇게 시작되었다. 그와 함께 귀신고래 암각화를 보러 가는.

푸르스름한 사위를 배경으로 검은 산들이 웅크리고 있었다. 깊지 않은 계곡이었다. 강어귀에 차를 세워두고 우리는 강 상류를 향해 걸었다. 창을 만난 지 얼마 되지 않았을 때 간 적이 있었다. 오 년 전이었다. 그해는 비가 많이 내려서 강물이 풍부했다. 하지만 그날 새벽 강은 소리를 내지 않고 흐르고 있었다. 이미 마를 대로 마른 강이었다. 간간이 산으로부터 바람이 불어왔다. 새벽바람 소리는 유난히 을씨년스럽게 들렸다. 그러나 그날 새벽바람 소리보다 내 귀를 더 자극한 것은 창의 운동화 끄는 소리였다. 창은 힘이 들어가지 않는 오른발을 끌다시피 했다. 운동화와 모랫길이 긁히면서 마찰음을 냈다. 운전할 때는 창이 환자라는 걸 잊었다. 계곡에 들어서면서 오른쪽

다리는 끌다시피 한다던 중국 아주머니의 말이 생각났다.

창은 왼발을 내디딜 타이밍도 번번이 놓쳤다. 좀더 멀리 뻗어보려다가 끌려오는 오른발에 힘을 옮기지 못한 듯했다. 나는 모래 긁히는 규칙적인 소리에 맞춰 아주 천천히 걸었다.

지금도 그날 모래를 긁어대던 거친 소리가 선명하다.

우리는 반구대길을 따라 강을 오른쪽으로 두고 걸어 올라갔다. 계곡으로 더 깊이 들어가면서 길은 점점 좁아졌다. 그러면서 창의 운동화 끌리는 소리도 좀더 커졌다. 소리가 커졌기 때문인지 옆에서 나는 것이 아니라 뒤에서 들려오는 것 같았다. 혹시 누가 따라오나 싶어서 나는 뒤돌아봤다. 강 쪽을 두리번거리며 살피기도 했다. 아무도 없었다. 그 새벽 그 계곡을 찾을 사람이 있을 리 없었다.

창은 내 손을 잡더니 자기 점퍼 호주머니에 가져다 넣었다. 겨울이면 하던 버릇이었다. 호주머니 속에서 내 손이 창의 손을 움켜쥐었다. 여전히 차갑고 뻣뻣한 창의 손을 따뜻하고 부드럽게 만들어주고 싶었다. 나이를 먹어도 감정은 늙지 않는다는 것을 창을 만나 새삼 느꼈다. 불순물이 다 가라앉은 물처럼 맑게 서로를 바라볼 수 있었다. 젊은 날의 사랑은 집착이 너무 많았고, 너무 잘살아보려고 안간힘을 썼다. 갈망했고 그러다가 놓쳐버렸다. 붙잡으려 하면 할수록 상대는 불편해했고, 그러다 보면 처음 의도와는 다르게 관계가 멀어졌다.

그런데 더 기대할 것도 없는 나이에 시작한 사랑은 있는 그대로 받아들일 넉넉함이 있어서 좋았다. 삶에서 더 욕심 부릴 뭔가가 남아 있지 않았다. 물론 얼마 남지 않은 삶이 주는 안타까움과 애틋함도 늘 감정의 밑바닥에 깔려 있었다.

울산까지 내려오는 동안 자다 깨다를 반복했다. 한 번 휴게소에 들러 커피를 마신 것 말고 쉬지 않고 달렸다. 규칙적인 엔진 진동과 송풍구로 새어 나오는 히터 바람에 졸음이 쏟아졌다. 까무룩 잠들었다가 잠깐 정신이 들면 창의 옆모습이 보였다. 밖은 깜깜했다. 먼 여행을 이제 막 시작한 것 같아. 멀리 보이던 불빛들이 뒤로 물러나는 것을 보며 나는 혼잣말처럼 중얼거렸다. 이렇게 달린다면 날이 밝기 전에 지구 반대편까지라도 갈 수 있을 것 같은데. 창도 혼잣말처럼 되뇌었다.

시간은 밤을 지나 새벽으로 향하고 있었다. 창이 쓰러져서 다섯 시간에 걸친 수술을 받았다는 것도, 왼쪽 뇌혈관이 회복되지 않아서 다리의 움직임이 자유스럽지 못하다는 것도, 말을 어눌하게 하게 되었다는 것도, 다 거짓말 같았다. 걸음과 걸음 사이에, 호흡과 호흡 사이에, 삶과 죽음이 갈릴지도 모른다는 생각이 그 순간만은 들지 않았다. 목적지도 정하지 않고 며칠 여행을 떠나온 것 같았다.

창과 퍽 많이 돌아다녔다. 어디론가 떠나고 싶다는 말만 꺼내면 창은 여행지를 물색하고 계획을 세웠다. 인터넷으로 숙소를 찾고 근처 맛집을 뒤졌다. 차에서 함께 들을 음악까지 골라 왔다. 심수봉 메들리를 여행 처음부터 끝날 때까지 반복해서 들은 적도 있다. 얼마나 많이 들었는지 여행이 끝나고 나서도 그 노래들이 한동안 입안에서 맴돌았다. 창은 자신의 삶에 이런 충만이 찾아올 줄 몰랐다며 나에게 고맙다는 말을 가끔 하곤 했다. 그러나 정작 그 말을 할 사람은 창이 아니라 나였다. 자식들을 결혼시키고 남편과의 이혼을 선언했을 때, 모두 말렸다. 환갑이 다 된 나이는 삶을 정리할 나이지 다시 시작할 나이가 아니라는 것이다. 무모하다고 했다. 하지만 삶이 끝나가고 있었기에 무의미한 결혼생활을 지속할 수 없었다. 역설적이지만 그랬다. 물론 그땐 창 같은 사람을 만나리라 짐작하지도 못했다.

"춥진 않아?"

얇은 점퍼가 신경 쓰여서 내가 물었다. 호주머니 안에서 맞잡고 있던 창의 손이 파르르 떨렸다. 그의 점퍼는 새벽 한기를 막기엔 너무 얇았다.

"난 괜찮은데. 민희는?"

"난 두껍게 입었잖아. 춥지 않다면서 손을 왜 그렇게 떨어. 내 코트라도 걸칠래?"

"난 안 떠는데 민희가 떨고 있나 보지 뭐. 아직도 나를 만나면 너무 좋아서 떨리는구나?"

말해놓고도 너무 싱거운 농담인 것을 알았다는 듯 그가 웃으며 나를 쳐다봤다. 광대뼈 수술로 웃는 얼굴이 낯설어졌다. 웃을 때면 함몰된 오른뺨에 그림자가 생겼다. 다치기 전 창의 웃음에는 앳된 소년의 모습이 남아 있었다. 그런 창의 모습을 난 좋아했었다. 이제 얼굴 모양이 변해버렸고, 말도 어눌해졌다. 늙어가는 것은 속절없이 무너져가는 육체를 인정하는 것일지도 모른다. 그렇게 허물어지고 사라지는 것을 받아들이는 것. 그 단순한 사실만이 거부할 수 없는 현실이었다.

"저쯤에 죽은 나무들이 있었는데."

강 쪽으로 창이 나를 이끌었다. 마른 강바닥에 나무들이 서 있었다. 오 년 전 처음 이곳에 왔을 때 저 나무들은 왜 강 한가운데 처박혀 있느냐고 내가 창에게 물었었다. 창은 그 물음을 기억하고 있었고, 그 지점을 정확하게 알고 있었던 것이다. 나무는 강바닥에 뿌리를 박고 있지만 말라가고 있었다. 타클라마칸 호양나무는 사막에서 천 년을 살지. 죽어도 쓰러지지 않고 천 년 동안 썩지 않고 버티지. 저 나무들 말이야. 죽고 나니 저렇게 가까이 강물이 있어도 다시 살아나지 못하잖아. 나도 곧 그렇게 되겠지? 마지막 묻는 말은 흐릿했지만 나는 똑똑히 듣고 말았다. 나는 대답 대신 호주머니 속에 있는 창의 손을 꼭 움켜쥐었다.

나무들은 원래 상류 쪽에 있는 마을 길가에 심겼다고 한다. 댐을 만들면서 그 마을은 수몰되었고 나무들도 함께 물속에 잠겼다고. 그러다가 홍수에 떠내려와 저쯤에서 다시 자리를 잡고 뿌리를 내리고 살다가 어느 해에 극심한 가뭄을 이기지 못해 말라 죽어버렸다고 했다. 가로수였다가 물속에 잠겼다가 떠내려와서 뿌리를 내려 다시 자리를 잡았다가 말라 죽어버린 나무들의 사연을 처음 들으면서 식물의 생애치고는 좀 기구하다는 생각이 들었다. 오 년 전에도 나무들은 죽어 있었다. 죽은 채 몇 년을 저렇게 버티고 있다. 타클라마칸 호양나무는 사막에서 천 년을 살고 죽어도 천 년 동안 썩지 않고 버틴다. 하지만 저 나무들은 언제까지 저렇게 버틸 수 있을지 알 수 없었다.

"추워?"

호주머니 속, 창의 손이 떨릴 때마다 나는 그의 얼굴을 올려다보며 몇 번이고 그렇게 물었다. 내 물음에 그는 같은 대답을 했다. 괜찮아, 라고. 긴 대답을 하지 않았다. 만나면 말을 많이 하는 것은 늘 창이었다. 그러나 뇌출혈로 쓰러진 뒤 어눌해진 발음 탓인지 필요한 말 이외엔 하지 않았다. 내가 말을 많이 해야 하는데 나는 늘 어떤 이야깃거리를 끌어와야 할지 망설이다가 말할 기회를 놓쳤다. 말없이 그냥 같은 것을 바라보는 것도 나쁘지 않았다. 하지만 그날 밤엔 침묵이 싫었다. 말이 끊기면 창의 운동화 끌리는 소리가 유난히 크게 들렸기 때문이었다.

작년에도 창은 가벼운 뇌출혈 증세를 보였다. 그때 살고 있는 집을 큰아들에게 넘겨주고 서울로 옮겨와 내가 사는 곳 가까이에 집을 구하고 싶다는 말을 꺼냈다. 물론 그전에도 가끔 농담처럼 내 서예학원 근처에 집을 얻을까, 말한 적은 있었다. 그의 아들들이 먼저 반대하고 나섰다. 그러나 무엇보다 내가 그럴 자신이 없었다. 삶을 같이하고는 싶지만 생활은 같이하고 싶지 않았다. 남편과의 결혼생활이 무엇보다 힘들었던 나는 다시 누군가와 한 공간에서 사는 것이 자신 없었다. 그런 내 의사를 분명히 말했다. 일은 어떻게 하고? 그는 퇴직한 회사에서 마련해준 중소기업 이사 직함으로 매일 출근하고 있었다. 소일거리 삼아 출근하는 사무실이야 내일이라도 당장 그만둘 수 있다고 했다. 함께 살자는 그의 말을 내 생각만 하고 거절해버린 것이 두고두고 미안했다. 그의 육신은 급격히 쇠잔해졌다. 언제 다시 뇌혈관에 이상이 생길지 모른다는 의사의 경고도 있었다.

암각화 귀신고래를 다시 보러 가자고 말을 꺼낸 것도 몇 달 전이었다. 나는 개인전 준비로 정신없이 서실에 파묻혀 있어야 해서 그럴 만한 여유가 없었다. 그가 나랑 함께하고 싶은 것들은 모두 개인전 뒤로 미뤄졌다.

"암각화까지 가는 길이 이렇게 멀었나?"

곧 다다를 줄 알았는데 아직 박물관 건물도 보이지 않았다. 창의 걸음걸이에 온 신경이 쓰여서 그런지 길이 멀게 느껴졌다. 무슨 말이든 계속해야 할 것 같았다.

"창, 솔직히 말해봐. 왜 여기 다시 오자고 한 거야?"

"지난번 국립중앙박물관에서 암각화 모형을 봤을 때부터 다시 오고 싶었어. 오 년 전에 여기 왔을 때 아무것도 못 봤잖아. 선사실 입구에 만들어놓은 암각화 생각나? 갈라진 바위의 틈이나 나무들이 자라는 모습까지 그대로 재현해놨잖아."

"나도 생각나. 우리가 망원경 렌즈 속에서 아무리 찾으려 해도 찾지 못한 것들이 거기 다 있었지. 돌고래, 혹등고래, 아기를 품은 어미 고래, 사냥하는 사람들, 늑대나 호랑이 사슴 같은 짐승들도."

"귀신고래도 생각나?"

"응. 다른 동물들은 잘 보였는데 귀신고래만 흐렸잖아. 그래서 내가 갈필 얘길 했던 것 같은데. 귀신고래가 꼭 갈필로 그린 모양이었잖아. 마른 듯한 붓으로 재빠르게 획을 그으면 갈필의 맛이 제대로 난다고. 붓글씨의 묘미는 결국 그 갈필의 맛이라고 말이야. 그런데 왜 하필 귀신고래야?"

"지구상의 회유동물 중에 가장 먼 여행을 하고 돌아오는 게 귀신고래라고 들었어. 태평양을 돌아 멕시코만까지 갔다 온다는군. 굉장하지 않아? 그걸 알고 나서 암각화에 가서 다시 귀신고래를 찾고 싶어졌어."

백과사전을 읽듯이 창의 말이 이어졌다. 신기하게 발음도 또렷했다.

"그래서 다시 암각화에서 귀신고래를 찾아보겠다고?"

"응. 어쩐지 이제는 찾을 수 있을 것 같아."

오 년 전 처음 암각화를 보러 갔을 때가 생각나서 웃음이 나왔다. 그날 우리는 아무것도 보지 못했다.

"뭐가 보여?"

"잠깐만 기다려. 아직 아무것도 안 보여."

"고래들 안 보여?"

"안 보여. 그냥 큰 바위야. 풀들이 여기저기 난 바위…… 고래가 어딨다고 그래?"

"이 안내서대로라면, 저 왼쪽에 바위가 갈라진 곳에 혹등고래가 한 마리 있는데, 그리고 바로 위에는 귀신고래…… 보여?"

"잠깐, 망원경 좀 돌리고…… 응, 갈라진 곳 찾았어."

"그 갈라진 곳 바로 오른쪽에 혹등고래……"

"혹등고래는커녕 고등어도 안 보이는데."

"어디, 내가 찾아볼게."

창이 물러나고 이번에는 내가 고정식 망원경에 눈을 갖다 댔다. 민희는 혹등고래랑 귀신고래가 보여? 창이 물었지만 아무것도 보이지 않았다. 고래는커녕 안내책자에 나오는 사람이나 다른 동물들도 찾을 수 없었다. 그래도 뭔가가 보일 줄 알고 망원경을 이리저리 움직여가며 한참을 건너편 바위를 들여다봤다.

"처음 왔던 날도 아무것도 못 봤는데 이 새벽에 뭐가 보이겠어?"

아랑곳하지 않고 창이 내 손을 잡고, 망원경 앞을 지나 암각화가 가장 가까이 보이는 곳으로 끌고 갔다. 언덕 끝이었다. 거기는 나무 난간이 둘러 쳐져 있었다. 오 년 전에는 없었던 난간이었다. 반구대 암각화가 세계문화유산으로 지정되었다는 기사를 신문에서 본 적이 있다. 훼손을 방지하기 위해서 설치된 모양이었다.

언덕 바로 아래는 자갈밭이다. 물이 불어나면 그곳은 강바닥으로 변할 것이다. 자갈밭을 똑바로 가로질러 가면 강에 다다를 수 있다. 암각화는 강 너머 바위에 새겨져 있다. 우리는 나무 난간에 기대어 한동안 말없이 건너편 바위를 쳐다봤다. 확인할 수 있는 것은 강 건너편에 거대한 바위 하나가 버티고 있다는 것뿐이었다. 어둑한 새벽에 거기 새겨진 그림들이 보일 리 없었다. 더더구나 귀신고래라니. 무모한 줄 알면서도 떠나왔다는 것도 알았다. 나는 거기 새겨져 있을 거북이, 사슴, 혹등고래, 귀신고래 같은 것들을 잠시 상상했다.

"아주 오래전엔 여기서 배를 타고 바다로 나갔겠지?"

강이라고 부르기도 민망할 정도의 작은 물길을 보며 내가 물었다.

"정말 여기서 배를 띄웠을까?"

창도 질문을 했다. 우리가 언제 적 이야기를 하고 있는지 몰랐다. 선사시대라고 하니까 그 시간은 우리가 상상할 수도 가늠할 수도 없는 시간이다. 그때 강은 지금과는 사뭇 달랐을 것이다. 바다로 나가 고래 같은 큰 물고기를 잡았다는 것은 전설에 불과한 이야기 같았다. 마를 대로 말라 물소리조차 내지 못하는 강을 앞에 두고 고래를 실을 만큼 큰 배를 띄웠을 강의 깊이는 헤아리기 어려웠다.

"진주 남강에서 작은 배를 탄 적이 있는데. 작은 배였어. 서너 사람이 탈 수 있을 정도의. 선착장도 초가지붕이었고. 아버지가 노를 저었던 것 같아. 누군가 또 있었는데 다른 사람은 누가 있었는지 모르겠어. 기억이 안 나. 다른 사람은 앉아 있고 아버지만 일어나 배를 저었지. 한 사람이라도 움직이면 배가 기우뚱거렸는데. 살면서 가끔 그때가 생각나곤 했는데, 그 배는 어디로 가고 있었을까? 그게 제일 궁금했어. 분명히 어디론가 떠내려가고 있었는데."

"그게 몇 살 때야?"

창이 점퍼 호주머니 속 내 손을 다시 만지작거리며 물었다. 차갑고 뻣뻣하던 창의 손은 어느새 부드럽고 따뜻해져 있었다.

"엄마 말에 의하면 그게 내가 서너 살 무렵이라는데……"

"그 배를 타고 어딜 갔어?"

"모르겠어. 배를 타고 어딜 가긴 갔었을 텐데 어딜 갔는지 모르겠어. 사진처럼 그 장면만 선명해. 아버지가 노를 젓던. 그게 내 생애 최초의 기억이야."

"그 얘긴 처음 듣네. 오 년 동안 우리가 그렇게 많은 얘길 했는데 아직 민희에 대해 듣지 못한 게 있단 말야?"

"그러게. 그런가 봐."

그러니까 오래오래 살아야 해. 아직 들려줄 이야기가 많으니까. 이렇게 대꾸하려는데 말이 입 밖으로 나오지 않았다. 그 말을 대신할 어떤 말도 그 순간 떠오르지 않았다. 과거의 시간도 짐작하기 어려웠지만 미래는 더 예측할 수 없었다.

얼마나 많은 얘기를 나눴을까. 아주 많은 얘기들. 가장 깊은 얘기들을 스스럼없이 나눴다. 창에게는 그런 편안함이 있었다. 그에게 했던 얘기들을 다 떠올릴 수는 없지만 우리가 아주 깊이 만났다는 것은 의심하지 않았다. 대부분은 일상적인 것들이었다. 어쩌다 깊은 해구처럼 깜깜한 서로의 마음을 들여다보기도 했다. 아무도 접근하지 못했던, 그보다 아무에게도 보여줄 수 없는, 보여주고 싶지 않은 것들을 보여주고 들여다봤다. 완전한 내 편이라는 믿음이 없었으면 불가능했을 것이다. 창은 내 삶에 유일한, 완전한, 내 편이었다.

아침에 깨어나 맨 처음 듣는 목소리도 창의 그것이었다. 새벽 산책을 마치고 아침 준비를 한 다음 창은 전화를 걸었다. 좋은 아침. 애써 밝은 목소리로 창이 인사를 건네면 나는 비로소 잠에서 깨어나기 시작했다. 서울과 울산. 멀리 떨어져 있었지만 서로의 생활을 속속들이 잘 알고 있었다. 월요일부터 금요일까지는 구민회관에서 운영하는 요가교실, 도자기교실, 중국어강좌를 다녔다. 오후에 서예학원 문을 열고 몇 명의 아이들에게 한문 붓글씨를 가르쳤다. 저녁 시간은 온전히 내 시간이었고, 그 시간에 붓글씨를 썼다. 일주일 스케줄을 꿰고 있는 창이 틈틈이 전화로 안부를 물었다. 낮에도 전화로 문자메시지로 뭘 하고 있는지, 밥은 먹었는지, 뭘 먹었는지, 아프진 않은지, 혈압약은 챙겨 먹었는지 등등 수없이 많은 반복되는 일상의 소소한 것들을 묻고 또 물었었다. 시시껄렁한 물음들이었지만 누군가에게 관심을 받고 있다는 것이 안정감을 줬다. 남편과 살 때는 느껴보지 못한 것들이었다. 하루를 마무리하는 것도 창과 전화통화를 하면서였다. 잠들기 직전 잘 자, 라고 말해야 하루가 끝났다. 매일 똑같은 것을 묻고, 비슷한 대답을 했지만 그것이 따분하다거나 지겹다는 생각을 한 적이 없었다. 결국 일상을 함께하는 것, 그것을 함께 견디는 것이 사랑이 아닐까. 나는 그런 단순한 생각을 하곤 했다.

다시 대화가 끊겼다. 곧 동이 트려는지 하늘은 푸르스름한 기운이 가시고, 산 위로 붉은 빛이 보였다.

"나무들도 힘을 좀 빼야 아름답지? 사람도 그런 것 같아. 중년이 아름답잖아."

바람에 한 무더기 나뭇잎이 떨어졌다.

"후후후. 우린 힘이 조금 빠진 게 아니라 너무 빠졌다고. 널 너무 늦게 만난 게 아닌가 가끔 생각했었는데."

"너무 늦게라는 건 없어. 만날 때 만난 거지."

"그래도 지난 오 년간 잘 지냈지?"

"응, 앞으로도 잘 지낼 테고."

"앞으로?"

"응, 앞으로도……"

오래오래, 라는 말을 창도 덧붙이고 싶었을까. 하지만 그도 마지막 그 말을 입 밖으로 내지 않았다. 그의 말을 막으려는 듯 나는 그의 입술에 내 입술을 갖다 댔다. 창의 혀가 내 혀를 더듬으며 들어왔다. 부드럽고 따뜻한 혀였다.

자신이 오래 살 수 없다는 것을 창은 잘 알고 있었다. 나도 알고 있었다. 우리에게 주어진 시간이 얼마 남지 않았다는 것을. 이제부터라도 같이 살까? 창이 병원에서 퇴원하던 날, 내가 제안했다. 창이 같이 살자고 했을 때마다 거절한 것은 나였는데 정작 함께할 시간이 얼마 남지 않았다는 것이 현실이 되자 조급해졌다. 삶을 같이하는 것은 좋은데 생활을 같이하고 싶진 않아. 내가 입버릇처럼 했던 말이 삶의 끝에 다다른 지금에는 너무 이기적인 말이 되고 말았다. 그동안 창은 나를 잘 이해해줬다. 나는 서울에서, 창은 울산에서 살면서 가끔 만났다. 대개는 창이 서울로 올라왔고, 가끔 내가 울산으로 내려갔다. 때때로 함께 여행을 갔다. 모두 창이 건강할 때의 일이었다. 이번에는 내가 함께 살자고 했지만 창이 고개를 저었다. 나, 죽을 때까지 기저귀를 차고 살아야 하는데 이제 와서 민희에게 그런 모습을 보이고 싶지 않아. 그렇게 말했다. 무엇보다 내 기억 속에 꼿꼿하고 깔끔한 모습으로 남고 싶다고 했다. 함께 살려면 진즉 그렇게 했어야 했다. 자식들의 반대가 있었더라도. 우리 둘이 원했다면 그때는 가능했다. 건강했고 경제적으로도 아무런 문제가 없었다.

욕망이 끝없이 계속될 것 같지만 어느 순간에 욕망마저도 끊어진다. 아니, 죽음 직전까지 욕망은 계속 올라온다. 그러나 그것이 아무것도 아닌 그저 삶을 버티게 하는 미미한 힘에 불과하다는 것을 깨닫게 된다. 그 끈을 놓아버릴 때 모든 건

끝난다. 우주 속 어떤 것으로 돌아가게 되는 것이다.

그날 새벽, 창의 눈은 텅 비어 있었다. 포기할 것을 포기할 줄 아는 사람이 가질 수 있는 그런 텅 빈 눈이었다.

창을 돌봐주던 중국 아주머니가 전화를 한 것은 새벽 1시였다. 그 전화가 창의 죽음을 알리는 전화라는 걸 직감으로 알았다. 우리는 그 시간쯤 통화를 하곤 했다. 초저녁잠이 많은 창은 한숨 자고 일어나는 시간이었고, 나에게는 잠자리에 들기 직전의 시간이었기에 자주 그 시간쯤 전화로 밤 인사를 나눴다.

그날따라 나는 집에 들어오자마자 소파에서 쓰러지듯 잠이 들었다. 개인전 준비로 표구사, 전시회장, 인쇄소를 종종거리며 돌아다닌 피로가 몰려왔다. 잠깐 소파에 누웠는데 잠이 들었던 것이다. '꽝' 하며 문 닫히는 소리가 났다. 소리가 너무 크고 선명해서 처음엔 그것이 꿈인지 몰랐다. 문 닫히는 소리를 듣는 동시에 뭔지는 모르지만 커다란 것이 문밖으로 나갔다. 거대한 몸집을 한, 둔탁한 회색빛 몸통의 동물이었다. 그것이 뭔지도 모르면서 본능적으로 붙잡아야겠다고 생각했다. 그러다가 잠에서 깼다. 탁자 위에 놓여 있던 휴대폰이 진동에 부르르 떨고 있었다. 창이었다. 정확히 말하면 창의 번호였다. 그러나 전화를 한 것은 그가 아니라는 걸 직감으로 나는 알았다. 방금 전 꿈에서 문밖으로 나간 거대한 몸통의 그 동물이 창이였다는 것도 알았다. 잠을 자듯 가고 싶다는 그의 소원대로 창은 그렇게 떠났다.

창과 나는 한참 동안 암각화를 쳐다봤다. 사위가 환해지면서 어둠 속에 있던 바위가 점점 그 모습을 드러냈다. 암각화는 보이지 않았지만 안내서에서 읽은 기억을 되살렸다. 그물에 갇힌 호랑이, 작살 맞은 고래, 춤을 추는 주술사, 혹등고래, 향유고래, 새끼를 업은 귀신고래. 암각화 박물관에서 우리는 선명한 암각화들을 볼 수 있었다. 이제 바위 위에 새겨진 암각화는 그 형태가 마모되어 사라지고 말았다. 암각화는 이미 슬라이드 필름 속에서만 존재했다.

"이 세상 것들은 허무하다. 뭐 이런 것들 말고 삶은 유한하지만 새길 만한 것들이 있다, 영원한 것들이 있다 뭐 이런 글귀는 없어? 그런 게 있으면 하나 붓글씨로 써줘. 침대 맞은편에 걸어놓고 보게."

"글쎄…… 그런 글귀가 있나 모르겠네. 돌아가면 서책 좀 뒤져볼게."

"저 바위 끝을 봐. 저쯤에 귀신고래가 새겨져 있었는데."

손을 들어 허공 한 곳을 가리켰다. 그쯤 귀신고래가 있었는지 분명하지 않았지만 창은 확신에 찬 듯 정확한 지점을 가리키고 있었다.

"저렇게 높은 곳에 귀신고래를 새기려면 떨어져 죽을 각오를 했을 것 같지 않아?"

"그랬겠지? 죽음을 각오한 간절함이 아니라면 누가 저길 올라가 미친 짓을 했겠어. 그 시간에 바다에 나가 물고기 한 마리를 더 잡지."

"어차피 유한한 걸 알았으니까 무한하길 더 갈구하지 않았을까?"

암각화와 우리 사이에 흐르던 강물이 비로소 서서히 그 모습을 드러냈다.

사랑을 바위에 새길 수 있다면 수만 년을 견딜 수 있을 것이다. 수만 년이 지나 바위에 새긴 사랑이 비바람에 마모되어 보이지 않게 된다고 해도 모형이 만들어지고 박물관에 보관될 것이다. 슬라이드 필름으로 복제되어 원래 새겼던 그림보다 선명하게 재현할 수 있을 것이다. 그 계곡을 빠져나오면서 나는 좀 엉뚱한 생각에 빠져 있었다.

차를 세워뒀던 강어귀로 돌아가는 길이었다. 반구서원과 반구대 암각화 박물관을 지났다. 창의 운동화 끄는 소리가 다시 들렸다. 암각화에서 귀신고래를 찾던 중에는 그가 아직 환자라는 것을 잠시 잊고 있었다. 강바닥에 뿌리를 박고 죽어 있던 나무들이 보이는 지점에 이르렀다. 창이 점퍼 속에 있던 내 손을 꺼냈다.

"여기서 잠깐만 기다려."

그러곤 왔던 길을 되돌아갔다. 강 상류, 암각화가 새겨진 바위 쪽으로. 운동화 끌리는 소리가 점점 멀어졌다. 갑자기 왜 그가 다시 암각화 쪽으로 걸어가는지 알 수 없어서 우두커니 서 있었다. 그러는 사이에 그가 모퉁이를 돌아가버렸다. 그의 모습이 보이지 않자 갑자기 불안했다. 희미하게 모랫길 끌리는 소리가 들렸다. 기다리라는 그의 말이 생각나서 머뭇거렸다. 어느 순간, 규칙적으로 들리던 소리가 끊겼다. 여태까지 귀에 거슬리던 소리가 사라지자 불안해졌다. 심장박동이 점점 빨라지고 초조해졌다. 가만히 서서 기다릴 수 없었다. 그가 갔던 길을 쫓아갔다. 처음엔 천천히 걷다가 뛰었다. 방금 전 모퉁이를 돌아선 것 같은데 그가 보이지 않았다. 고정식 망원경이 있는 지점까지 달려갔다. 저 앞에 뒷모습이 보였다. 창인 듯했다. 바로 전까지 그곳에는 우리밖에 없었으니까 창이 분명했다. 창! 계곡에 내 목소리가 울렸다. 그가 나무 난간을 넘었다. 난간은 사람이 넘어가기 힘들게 되어 있었는데 그는 아무 불편함 없이 넘고 있었다. 내가 난간에 이르렀을 때 그는 이미 자갈밭을 가로질러 강을 향해 걸어갔다. 다시 한 번 창, 하고 부르려는데 그가 강물 속으로 저벅저벅 들어가는 것이 아닌가. 발밑에 뭔가가 밟힌 것은 그때였다.

회색 바지와 네이비색 점퍼. 방금 전까지 창이 입고 있던 옷이었다. 거기 사람의 몸만 빠져나간 상태 그대로 옷이 놓여 있었다. 아직 냄새와 온기도 남아 있었다. 심지어 바로 조금 전에 내 손은 점퍼 호주머니 속에 있지 않았던가. 아무것도 믿을 수 없어 나는 다시 강 쪽을 바라봤다.

강 저편에는 암각화가 새겨진 바위만 아침 햇살에 붉은빛을 띠우고 있었다.

지구상의 회유동물 중 가장 먼 여행을 하고 돌아온다는 귀신고래는 돌아오는 일곱 달 동안 아무것도 먹지 않는다. 차가운 북극의 바닷속을 굶으면서 헤엄쳐 온다. 해류에 떠밀리지 않고 몸의 균형을 잡는 것도, 바닷물의 저항을 뚫고 앞으로 나아가는 힘도 꼬리지느러미에서 나온다. 지치지 않고 먼 바다에서 돌아오려면 무엇보다 강한 꼬리지느러미가 필요할 것이다.

마른 듯한 붓을 눌러 화선지에 밀착시켰다. 힘 있는 갈필을 쓰려면 먹을 금같이 아껴야 한다. 아니, 먹뿐만 아니라 물도 아껴야 한다. 글씨를 배우면서 수없이 들었던 말이다. 지나갈 길을 가늠하고, 빠르게 붓을 움직여 꼬리지느러미를 그렸다. 거친 궤적의 갈필로 귀신고래 꼬리지느러미가 화선지에 새겨졌다. 아무리 춥고 어두운 바다라도 서두르지 않고 유유히 헤엄쳐 갈 귀신고래 한 마리가 거기 있었다.

타미와 미루

1

쿠키가 계속 따라왔어.

현관문 소리와 함께 타미 목소리가 들릴 것 같다. 하지만 그런 일이 없을 거란 걸 잘 안다. 타미는 떠났으니까. 미루는 냉장고 앞에 쭈그리고 앉아서 참치고추장 컵밥을 먹으며 타미를 생각했다. 화장실 타일 위에 오렌지색 머리카락이 한 움큼 떨어져 있었을 때 그녀가 떠났다는 걸 알아차렸어야 했다. 그것도 모르고 미루는 며칠 동안 타미를 기다렸다. 미장센 '아프리콧 오렌지' 염색약이 잘 스며든 타미의 머리카락은 흰 타일에서 며칠 동안 뒹굴었다.

계집애. 먹다 만 컵밥을 쓰레기통에 넣으며 미루는 혼자 중얼거린다. 그러고 보니 며칠 쿠키도 보이지 않았다. 설마, 쿠키를 데리고? 생각이 거기까지 미치자 가만히 앉아 있을 수 없었다.

맨발에 슬리퍼를 꿰신고 미루는 놀이터로 뛰었다. 쿠키. 쿠키를 불렀다. 평소에 가지 않는 시소가 있는 안쪽까지 다가가 쿠키를 불렀다. 호주머니에 넣어온 마른 문어다리를 찢어 풀숲으로 던지며 계속 쿠키를 불렀다. 무슨 소리가 들렸지만 쿠키는 아니었다. 정말 쿠키를 데리고 떠난 걸까. 알 수 없었다. 확실한 건 타미가 떠났다는 것뿐이었다. 카디건이 땅에 끌리는 줄도 모르고 미루는 그 자리에 쭈그리고 앉았다.

2

몇 주 동안 타미와 미루 사이에 쿠키라는 고양이가 있었다. 집에 오면 따라다니며 밖에서 있었던 일을 말하던 타미가 어느 날부터 쿠키 얘기만 했다. 처음엔 잘 들어주고 맞장구도 쳐줬다. 타미가 뭔가를 감추기 위해 쿠키를 내세운다는 걸 알면서부터 쿠키 이야기가 불편했다. 그나마 다행인 것은 쿠키를 집에 데리고 오자고 타미가 더 이상 우기지 않은 일이었다. 아무리 귀여워봤자 쿠키는 동네를 헤매고 다니는 고양이에 불과했다. 연갈색 털에 갈색 줄무늬가 있는 볼품없는 고양이였다. 집 앞 놀이터에서 처음 만났고, 그 후 자주 마주쳤다.

미루는 쿠키를 처음 만났던 날을 생각했다. 그날 미루는 타미와 집에서 나와 동네를 돌아다니는 중이었다. 찜통 같은 집을 피할 적당한 곳을 찾지 못하고 편의점에서 컵라면과 주먹밥으로 저녁을 때우고 아이스바 하나씩 들고 놀이터로 향했다. 놀이터는 미끄럼틀과 그네 두 개, 시소가 전부였다. 시소는 앉을 수 없을 정도로 망가져 있었다. 미끄럼틀은 녹이 슬어 있고 그네는 꼬여 있기 일쑤였다. 지난겨울 사고 이후에는 놀이터를 찾는 사람이 거의 없었다. 정확히 말하면 사고는 놀이터가 아니라 놀이터 옆 비탈길에서 일어났다. 길에 세워둔 1.5톤 덤프트럭이 미끄러지면서 네 살 아이가 죽은 사고였다. 처참한 광경을 목격한 사람이 많지 않았지만 사고 이야기는 떠돌고 떠돌아서 놀이터를 드나들던 중학생들이 트럭 굄돌을 뺐다는 말에 이르렀고 급기야 놀이터를 폐쇄해야 한다는 말까지 나왔다. 하지만 봄이 되기 전에 무성했던 이야기는 잠잠해졌다.

타미와 미루는 여름 내내 그 놀이터에 자주 갔다. 타미가 놀이터 그네에 앉는 걸 좋아했다. 앞이 훤히 트인 놀이터에서 내려다본 풍경은, 특히 밤 풍경은 꽤나 그럴듯했다. 예상대로 그네는 묶여 있었다. 아이스바를 들지 않은 손으로 무거운 쇠사슬을 풀었다. 그네 두 개가 묶여 있어서 애써 그걸 풀어야만 했다. 타미는 그네에 앉아 계속 아이스바를 핥았다. 나처럼 그냥 베어 먹어. 그렇게 핥지 말고. 손가락까지 핥아대는 타미를 타박했다. 미루의 말에 아랑곳하지 않고 타미는 아이스바가 뚝뚝 떨어질 때까지 핥아댔다. 심지어 막대에 아무것도 남지 않았는데도 핥고 또 핥았다.

여기는 자이푸르 시타라 언덕 같아.

인도 자이푸르? 거기도 갔었어?

응. 한 보름쯤 거기 머물렀어. 태국에서 산 귀걸이나 팔찌를 파는 것만으로도 경비가 충분했지. 나중엔 게스트하우스로 동네 아줌마들이 몰려와서 물건이 동이 나버렸어. 금도금을 한 것들이었는데 인도 아줌마들 취향에 딱 맞았나 봐.

타미는 시타라에서 원숭이가 빨랫줄에 널어놓은 옷을 하나씩 훔쳐간 얘기를 시작했다.

고양이 한 마리가 다가온 것은 그때였다. 원숭이를 상상하고 있던 미루는 순간적으로 이야기 속 원숭이가 나타난 줄 알았다. 고양이는 조심히 천천히 다가왔지만 그렇다고 두려워하는 기색은 아니었다. 몇 걸음 오다가 멈추고 한 번 울고 다시 앞으로 몇 걸음. 타미가 버터쿠키를 꺼내 던졌다. 녀석이 몸을 잠깐 피했다가 쿠키를 찾아 먹었다. 타미가 쿠키를 발아래 쏟았다. 이번에는 녀석이 발아래까지 바짝 다가왔다. 쿠키 먹기에 열중해 있는 녀석을 타미가 두 손을 뻗어 들어올렸다. 그리고 자연스럽게 녀석을 쿠키, 라고 불렀다. 마치 아주 오래전부터 녀석의 이름이 쿠키였다는 듯이.

미루, 너도 만져봐.

미루는 몸을 뒤로 뺐다.

난 털 있는 짐승이 싫어.

뭐? 털이 이렇게 부드러운데. 타미는 몇 번 더 녀석의 등을 쓰다듬었다. 쿠키는 몇 번 울다가 고개를 이리저리 돌리더니 훌쩍 땅으로 뛰어내렸다. 곧 풀숲으로 사라졌다.

그 후, 쿠키와 만난 날도 그렇지 않은 날도 둘은 쿠키 얘길 했다. 쿠키를 만났다고, 못 만났다고, 보이지 않는다고, 소리를 들었다고, 다른 동네로 간 게 아니냐고. 심지어 어느 날엔 불을 끄고 누웠는데 타미가 미루의 방문을 두드리고 쿠키 밥을 챙겨줬는지 물었다. 언제부턴가 타미와 미루는 시소 너머 풀숲이 시작되는 곳에 쿠키를 위해 사료를 뒀다. 사흘에 한 번꼴로 쿠키를 만날 수 있었다. 미루는 타미가 쿠키 얘기를 시작하면서부터 여행 이야기를 더 이상 들을 수 없었다. 미루는 이걸 나중에 알았다. 자이푸르에서 만난 도둑 원숭이가 타미의 마지막 이야기였다.

3

컴퓨터 앞에 앉았다. 타미가 들려준 이야기를 미루는 글로 써볼 생각이었다. 뭔가 하고 싶어지다니, 오랜만이었다. 열 살 때 요요를 배우고 싶었던 일 이후 처음이었다. 한쪽으로 밀어뒀던 모니터를 책상 위로 올리고 전원 버튼을 눌렀다. 맥주를 한 모금 마시고 미루는 천천히 타이핑을 시작했다.

우리 사이에 그 고양이가 있었다. 쿠키, 라는 고양이.

여기까지 쓰고 그다음 어떤 말을 쓸까 생각하다가 천천히 백스페이스키를 눌렀다. 고양이 쿠키가 모니터에서 사라졌다. 갑자기 타미가 부에노스아이레스 분수대 앞에서 루이스와 만났을 때 장면이 생각났다. 그 얘기를 할 때 타미의 동공은 텅 비어 있었고 목소리는 생생했다. 타미가 들려준 것처럼 재미있게 옮길 수 있을까. 미루는 모니터를 응시하다가 키보드를 다시 두드렸다.

4

부에노스아이레스에서 타미는 루이스를 처음 만났다.

작은 분수대 앞이었다. 지구 반대편에도 길거리 장사를 하며 여행을 하는 사람이 있다는 것에 호기심이 생겨 타미가 다가갔다. 오팔이나 사금석 같은 원석을 실매듭으로 감싸 만든 목걸이나 팔찌가 많았다. 실을 꼬아 매듭을 만들면 매듭의 간격에 따라 여러 모양들이 만들어졌다. 그때까지 타미는 뭔가를 만들어 팔 생각은 하지 못했다. 여행 중 여행지에서 값싸고 좋은 물건이 있으면 사서, 다음 여행지에서 되파는 식으로 돈을 마련하고 있었다. 쪼그리고 앉아 팔찌 하나를 골랐다.

그건 소원 팔찌야.

소원 팔찌? 그게 뭔데?

내가 선물로 줄게. 자, 라이터 불을 켜면 소원을 빌어.

타미와 루이스는 구글번역기를 사용해 필요한 대화를 나눴다. 루이스는 실매듭으로 된 팔찌 하나를 타미의 팔목에 감았다. 그러고 라이터 불을 켰다.

타미는 급히 소원을 말했다. 누구에게도 얽매이지 않는 삶…… 그런 게 소원이 될 수 있을까 싶었지만. 타미가 중얼거리는 소리를 듣고 루이스는 매듭 끝을 라이터 불로 재빨리 마감했다. 조금만 늦었으면 불이 타미의 팔목을 감싸고 있는 실로 번질 뻔했다. 팔목에 딱 맞아서 끊어지지 않는 한 팔찌를 뺄 수는 없었다.

데쎄오!

엄지손가락을 추켜올리며 루이스가 말했다. 타미도 엄지손가락을 올리며 루이스를 따라 했다. 데쎄오. 아, 소원! 타미는 뒤늦게 그 말의 의미를 이해했다. 타미와 루이스는 그렇게 헤어졌다.

하지만 세 시간쯤 뒤 둘은 분수대 근처 공중화장실 앞에서 다시 우연히 마주쳤다. 타미는 화장실에서 거추장스러운 머리카락을 자르고 나오던 길이었다. 루이스가 타미의 짧아진 머리를 손가락으로 가리키며 웃었다. 루이스는 타미의 손을 잡아끌었다. 둘이 처음 만났던 분수대 앞으로 데려갔다. 루이스는 타미에게 머리를 잘라달라고 했다. 미용실 가는 게 아까워서 머리를 계속 기르고 있는 것이라며. 캐리어에서 타미가 가위를 꺼냈다. 자르기 전 몇 번이나 진짜 자를 거냐고 물었다. 루이스의 머리가 좀 지저분해 보이긴 했다. 어깨까지 내려온 머리는 제대로 빗질을 하지 않아 엉켜 있었다. 일단 자르기로 결정되자 타미는 거침없이 가위질을 했다. 처음 만난 사람에게 머리카락을 잘라달라고 하다니. 재밌는 녀석이네. 타미는 그렇게 생각했다.

어둑해지면서 여기저기서 탱고 음악이 들려왔다.

피아졸라의 음악을 듣기엔 역시 부에노스아이레스가 최고야.

타미가 한국말로 말했다.

나는 칠레에서 왔어. 레그라와 마크.

루이스는 스페인어로 말했다. 그래도 둘은 서로의 말을 알아들었다. 루이스가 레그라와 마크, 라고 말했을 때 타미는 그의 소리를 따라 했다.

'레그라와 마크.'

나중에 그것이 지도에도 나오지 않는 아주 작은 마을 이름이라는 것을 타미가 알았다. 바다가 보이는 칠레의 작은 마을이었다.

루이스가 어디론가 가더니 손에 맥주 두 캔을 들고 나타났다. 브리마! 타미는 오랜 친구를 만난 듯 손을 흔들었다. 남미 여행을 하며 매일 밤 꼭 사 먹던 맥주. 브리마의 쌉쌀한 맛이 목을 넘어갔다. 루이스의 스텝은 어느덧 탱고 리듬에 맞춰져 있었다. 타미 앞에 이르러 루이스가 손을 내밀었다. 둘은 분수대 앞에서 탱고를 췄다. 타미는 자기가 몸치라고 생각했는데 루이스가 이끄는 대로 몸이 잘 움직이는 것에 놀랐다.

수박. 시원하다.

생선.

기타.

비. 아니, 억수같이 쏟아지는 비.

비에 대한 단어가 이렇게 많아?

커리, 책 보는 것, 나무들, 고양이, 느리게 걷는 것, 타투……

번역기를 찾아가며 둘은 서로가 좋아하는 것들을 말했다. 타미에게 스페인어의 'r' 발음은 어려웠다. 루이스가 혀를 굴려 시범을 보이면 타미가 따라 했다. 몇 번 시도 끝에 '르르르르' 하는 구르는 소리를 냈다. 루이스가 웃었다.

누군가에겐 쉬운 것이 누군가에겐 어려운 일이다. 때론 누군가에게 당연한 것이 누군가에겐 의문 덩어리이기도 하다.

밤이 깊어갔고, 탱고가 잦아들었다.

다음날부터 타미와 루이스는 함께 여행을 했다. 루이스는 타미에게 매듭공예를 가르쳐주었다. 버스에서, 기차에서, 역에서, 광장에서, 카페에서 둘은 실로 팔찌와 목걸이를 만들었다. 아무것도 아니었던 실이 매듭이 만들어지면서 모양을 갖추게 되었다. 신기하고 재밌었다. 타미는 누군가와 함께 길을 떠난다는 것을 상상하지 못했다. 루이스도 그랬다. 타미는 루이스를, 루이스는 타미를 만나기 전까지 그랬다. 하지만 타미와 루이스는 이제 어디든 함께 갈 수 있을 것 같았다.

5

연애다운 연애를 해본 적이 없었지만 연애소설에는 소질이 있는 게 아닌가. 써놓은 장면을 다시 읽은 미루는 괜히 우쭐

해졌다. 타미는 부에노스아이레스에서 루이스라는 남자를 만나 매듭공예를 배웠다고 했을 뿐이다. 그런데 이야기가 진행될수록 걷잡을 수 없이 키보드 위 손가락이 움직였다. 부에노스아이레스 분수대를 배경으로 타미와 루이스가 등장해서 각자 정해진 동선에 따라 움직이고 대사를 쏟아냈다. 시작이 나쁘지 않았다. 글을 쓸수록 루이스의 모습이 구체적으로 떠올랐다.

6

루이스가 그리웠기 때문에 뭐라도 하지 않으면 안 됐다. 타미는 머리를 자르기로 했다. 머리를 숙여 쏟아진 머리칼을 잡았다. 등뼈까지 자란 머리카락. 망설임 없이 타미는 가위질을 시작했다. 여행 중에도 그녀는 이런 방법으로 머리를 잘랐다. 나쁜 기억을 잘라내듯, 거추장스럽다는 듯이. 주로 공중화장실에서였다. 말하자면 그녀는 세계 곳곳의 화장실에 그녀의 머리카락을 남긴 셈이다. 변기 옆 쓰레기통에 머리카락이 버려진 걸 보면 홀가분한 기분이 들었다. 삶의 무거운 뭔가를 떨쳐낸 것 같은. 삐뚤빼뚤한 머리는 두건으로 가리면 그만이었다. 길 위에서 삶을 살기로 한 사람은 무엇에도 집착하면 안 됐다. 이것이 타미의 생각이었다.

검은 머리카락이 시멘트 바닥에 떨어졌다. 한 움큼씩, 잘려 나갔다. 뚝, 뚝.

동백꽃 같았다. 검은 머리카락 더미를 보고, 타미는 붉은 동백꽃을 떠올렸다.

동백나무가 한 그루 있었다. 어릴 적, 타미가 살던 집. 한편에 서 있던 밑동이 제법 굵은 동백이었다. 꽃망울을 터트리기 전까지 식구들 누구도 그곳에 동백이 서 있는지 모르는 듯했다. 꽃이 피었다가 떨어지기 시작하면 비로소 동백을 쳐다봤다. 동백은 꽃잎이 떨어지지 않고 꽃송이가 고개를 꺾고 뚝, 떨어졌다. 모든 것은 기다리다가 어느 순간 일어난다. 가지에 매달려 있을 땐 타미의 식구 중 누구도 동백꽃 얘길 하지 않았다. 마당에 떨어진 꽃송이들을 보고서야 한마디씩 했다.

'예쁘지도 않은 꽃이 마당을 어지럽히긴.'

아마 이건 그녀의 아버지 말이었을 것이다.

'누가 저 꽃 좀 치워라. 짓이겨질 때 지저분한 꼴을 두고 볼 거야?'

이건 그녀의 엄마 말이었을까. 아니면, 큰오빠의 말이었을까. 이런 대화들은 대부분 아침밥을 먹으며 오갔고, 그런 날이면, 타미는 동백나무 아래를 서성이며 시간을 보내곤 했다. 아직 떨어지지 않은 꽃들을 꺾어 양동이에 담았다. 그러곤 좀 멀리 떨어진 냇가까지 걸어가 꽃들을 쏟았다. 붉은 꽃이 시냇물을 따라 흘러갔다. 어떤 꽃은 얼음 위에 박혀 있다가 봄이 되어서야 떠내려갔다. 어디론가. 어디론가. 어쩌면 그때 그녀는 자신의 삶이 그 동백꽃과 다르지 않으리라는 것을 예감했는지도 모른다. 아니, 그것도 괜찮은 삶이라 생각했다. 한껏 피다가 어느 순간 사라지든가, 아니면 어디론가 흘러가는.

집을 다시 짓게 되면서 동백나무는 베였다. 그 자리에 해마다 봉숭아나 맨드라미, 채송화, 과꽃 같은 것들이 피었지만 동백꽃을 대신할 순 없었다. 타미에겐 그랬다. 아마도 동백나무가 베이지 않았다면 그녀는 좀더 오래 그 집에 머물렀을지도 모른다.

강물을 따라 흘러갔던 동백꽃들은 어디로 간 것일까.

타미는 늘 궁금했다.

7

타미가 해준 이야기가 잘 생각나지 않으면 미루는 놀이터로 나갔다. 거기 앉으면 타미의 목소리가 들리는 것 같았다. 묶여 있는 그네를 푸는 일은 번거로웠지만 그네에 앉으려면 어쩔 수 없었다. 타미를 생각하다가 미루는 자신이 한 번도

이 동네를 벗어나 산 적이 없다는 걸 알았다. 미루가 살고 있는 집은 그녀가 어렸을 때부터 살던 집이고 삼 년 전에 돌아가신 엄마가 물려준 유일한 재산이었다. 유일한 혈육이었던 엄마가 돌아가시자 찾아갈 친척도 없었다. 찾아오는 친구도 없었다. 작은 집이라도 있으니까. 그나마 누에고치처럼 들어갈 곳이 있으니까. 미루는 그렇게 중얼거렸다.

대학을 중퇴하고 대형마트에서 야채를 다듬고 포장하는 일을 했다. 검품장 한쪽에 모여 앉아 수다를 떨며 배추며 무며 파 등을 다듬는 일은 재미있었다. 하지만 마트가 다른 회사로 넘어가면서 일을 그만뒀다. 다음에는 동네마트 계산대 앞에 하루 열 시간 서 있었다. 일주일 만에 수십 가지의 바코드 위치를 외웠다. 여기서 이렇게 썩기엔 아까운걸. 동료들이 그렇게 말했다. 미루는 단순하게 사는 게 좋았고, 생각 없이 잠들 수 있는 밤이 좋았다.

사람은 다 하고 싶은 게 있게 마련이야. 네가 늦돼서 그렇지 좋아하는 일만 만나면 누구보다 잘해낼 거야. 엄마는 가끔 그렇게 미루에게 말했다. 그런데 엄마는 하고 싶었던 일이 뭐였어? 그 일을 찾긴 찾았어? 엄마는 대답을 못했다. 그래도 너는 좋아하는 일이 꼭 생길 거야. 미루는 엄마의 말을 믿었다. 언젠가 꼭 찾아올, 하고 싶은 일을 기다리기로 했다. 당분간은 타미가 들려준 이야기를 기록하는 일에만 몰두하기로 했다.

8

'아프리콧 오렌지'를 골랐다.

그건 아주 노랗게 나올 텐데요. 밖에 나가면 더 밝아요. 이 바닐라골드가 더 잘나가요.

옆에 서 있던 판매사원이 좀 근심스런 말투로 말했다.

샛노랗게 하고 싶어서요.

대답도, 혼잣말도 아닌 말을 하면서, 타미는 미장센 버블 염색약 '아프리콧 오렌지'를 집어 들었다. 샛노란 단발머리로 당분간 버틸 작정이었다.

익숙한 것들이 참기 어려운 날이 있다. 어쩌면 루이스를 좋아하는 것은 늘 처음 만난 것같이 낯설기 때문일지도. 좌우로 머리를 흔들며 타미는 생각했다. 머리카락 끝이 흔들리며 볼에 닿는다. 간지럽다. 루이스의 여린 수염 끝이 살갗에 닿을 때 느낌 같다.

이제 거리로 나가 일을 시작할 수 있을 것 같다. 곧 해가 질 것이고, 사람들은 거리로 몰려나올 것이다. 물건을 가득 담은 배낭이 무겁다. 타미가 걸음을 옮길 때마다 해마가 달랑거린다. 해마는 루이스의 철사공예 첫 작품이었다. 세상에서 가장 좋아하는 것을 꼽으라면 타미는 루이스의 손을 꼽을 것이다. 정말이지, 루이스의 손은 마법사의 그것 같다. 잠깐 사이에 뿅, 하고 뭔가를 만들어낸다. 해마도 타미가 모르는 사이에 만들어 깜짝 선물로 준 것이다. 집에 굴러다니는 전선의 피복을 벗겨내고, 노란 구리를 구부려 해마를 만들었다. 타미 가방에 매달린 해마와 아프리콧 오렌지로 물들인 타미의 머리카락 색이 비슷했다.

마로니에나무 아래 자리를 잡았다. 손거울을 꺼내며 거울 속 모습을 흘깃 본다. 머리카락이 노랗게 변한 거울 속 모습이, 낯설다. 그래서 타미는 기분이 좋았다.

보자기를 펼친다. 세계 어디든 타미와 함께한 보자기다. 먼저 목걸이를 늘어놓는다. 어젯밤 타미가 만든 것들이다. 다음엔 가장자리에 인도에서 사 온 가죽지갑과 스카프들을 정리한다. 은제품들도 진열한다. 네팔과 북인도를 다니며 사 모았던 것들이다. 타지마할이 있는 아그라에서 은귀걸이를 많이 샀다. 그것 때문에 경비가 부족해 다즐링 지방까지 갈 예정이었던 계획을 취소해야 했다. 가끔 그런 일이 있었다. 계획대로 된다면 여행이 아니라는 게 타미의 생각이었다.

실매듭 제품 중에는 루이스의 작품도 있다. 돈이 모이면 타미는 어디로든 다시 떠날 것이다. 틈틈이 실매듭 액세서리를 만들고, 편의점 아르바이트도 하고 있다. 그러니까 곧 타미는 길을 떠날 것이다. 지금은 떠나기 위해 잠깐 머물고 있는 것이다.

루이스, 지금 너는 뭐하고 있니?

보자기 위 진열된 물건들을 보면서 타미는 혼잣말로 중얼거렸다.

9

매니저도 없는 날에 물건이 많이 들어왔다. 아침 9시에 출근, 야간 알바와 교대하고, 빈자리 테이블을 걸레로 닦고, 온라인으로 주문한 물건을 체크했다. 유통업체 차는 오후 1시가 조금 지나 도착했다. 평소보다 이른 시간이다. 냉동식품만 다섯 박스였다. 참치, 마요네즈, 식용유, 세제까지 무거운 물건들뿐이었다. 창고에 정리하는 일도 만만치 않았다. 무작정 물건을 넣었더니 공간이 부족했다. 창고 안의 물건을 다 꺼내고 다시 정리를 했다.

4시쯤 경찰 두 명이 PC방에 찾아와서 사장님을 찾았다. 미성년자가 19세 이상 게임을 PC방에서 했다는 신고를 누군가 했다는 것이다. 사장과 통화를 하고 일단 돌아갔지만 만약 불법이 확인되면 사장은 물론 그때 근무한 사람도 모두 처벌을 받을 수 있다고 했다. PC방 알바도 그만둘 때가 된 건가. 투자해놓은 돈을 언제쯤 뺄 수 있는지 사장에게 물어봐야 하나. 사장은 다른 투자자가 들어오면 언제든 돈은 뺄 수 있고, 일을 그만둬도 배당금은 가져갈 수 있다고 했지만 미루에게 그건 불안한 거래였다. 그만두고 또 다른 일자리를 찾는다면 무슨 일을 할 수 있을까. 투자금 전부를 찾아 쓰면서 직업훈련교육을 받아서 다른 직업을 찾아볼까. 알바어플, 취업어플을 검색했다. 웹마스터, 마케팅, 포토샵, 사무보조, 영양사, 보조교사, 북디자이너, 심리학서적 대필 작가, 여행 작가…… 여행 작가에서 미루는 잠시 머뭇거렸다. 타미의 여행을 기록한다면 여행 작가가 되는 건가. 상상이 많으니 소설가가 되는 걸까.

14번 테이블에서 신호가 들어왔다. 스크램블에그 주문이었다. 프라이팬에 달걀 두 개를 깨 넣으며 타미는 오늘 밤엔 어떤 이야기를 쓸까 생각했다. 접시에 토마토케첩을 뿌리면서도 계속 그 생각뿐이었다. 열 달 동안 많은 얘기를 들은 탓인지 이야기가 머릿속에서 자주 엉킨다. 요 며칠은 앞뒤가 안 맞아서 쓰다가 지우기를 반복했다.

교대할 야간 알바가 PC방에 도착할 때까지 손님들이 몰려들었다. 음식이나 음료수 주문도 많아 정신없이 지나갔다. 김

치볶음밥만 열두 개나 만들었다. 집으로 돌아가는 버스 안에서 미루는 타미 이야기를 다 쓰면 다른 직업을 알아보는 것도 나쁘지 않다고 생각했다. 그러나 미루는 한 문장도 못 쓰고 잠들었다.

10

이 매듭 팔찌를 사면 손목에 소원 팔찌를 매어드려요.

소원 팔찌요?

재밌다. 너도 살래? 난 이거.

두 여자는 이것저것 만지작거리다가 결국 루이스가 만든 매듭 팔찌를 한 개씩 골랐다. 타미는 소원 팔찌를 즉석에서 만들어 그들의 팔목에 매어주었다. 실의 색깔을 고르고, 손목에서 간단한 매듭을 만들어서 마지막엔 라이터로 실 끝을 마무리했다.

라이터 불을 켜면 소원을 빌어요.

타미는 루이스가 했던 대로 손님들에게 말했다. 소원 팔찌는 꼭 의식이 필요하다고 루이스가 몇 번이나 강조했다. 여자가 살짝 눈을 감고 소원을 빌었다. 라이터 불이 실에 붙었다가 꺼지면 소원 팔찌는 손목에서 봉인되었다.

팔찌를 억지로 끊지 말아요. 저절로 팔찌가 끊어지면 소원이 이루어질 거예요.

여자들이 소원 팔찌를 만지작거리며 인파 속으로 사라지기도 전에 다른 손님들이 지갑을 만지작거렸다.

금요일은 밑바닥에 머물고 있는 뭔가를 흔들어보는 날인가? 금요일의 공기는 다른 날의 그것과 사뭇 달랐다. 그것이 무엇이든 가끔은 흔들어줘야 썩지 않나? 사람들은 거리로 나와 제 나름의 방식으로 가라앉아 있는 것들을 불러낸다. 홍대거리는 그런 사람들로 가득했다. 떡볶이로 유명한 가게 앞에 사람들이 길게 줄을 섰다. 긴 줄 끝에 타미도 섰다. 달달한 첫맛과 혀끝에 오래 남는 매운 끝맛. 입간판에 그런 광고가 보였다. 때론 자극적인 맛이 힐링이 된다. 초저녁부터 몰려든 손님들 때문에 쉴 새 없이 말을 한 탓인지 배가 고팠다.

루이스가 만들어준 매듭 팔찌는 인기가 좋았다. 다 팔렸다. 그가 요즘 재미있어 하는 와이어 공예품도 몇 개밖에 남지 않았다. 인도에서 사 온 은팔찌나 은반지들도 예쁜 것들은 팔렸다. 루이스는 너무 먼 곳에 있다. 함께 보낸 레그라와 마크 앞바다가 그리웠다. 귀여운 마르틴도 보고 싶었다. 루이스의 남동생 마르틴은 루이스와 타미 사이에 눕는 걸 좋아했다. 아홉살, 마르틴은 루이스가 큰 도시로 돈을 벌러 나가 있는 동안에는 혼자 살았다. 낡은 나무집에서 보내는 하루는 지루하고 길었을 것이다. 쥐들이 넘나드는 방에서 밤을 보내는 일은 더 힘든 일일 것이었다. 그러나 마르틴은 루이스가 돌아올 때까지 항상 잘 견디고 있었다고 했다. 한번은 루이스가 집에 갔을 때 웬 낯선 개 한 마리와 함께 있기도 했다고 한다. 길을 잃고 해안을 떠돌던 개를 마르틴이 데려왔다고 했다. 함께 먹고, 함께 굶으며 루이스를 기다렸다고 했다.

내일쯤 루이스에게 소포를 보내야겠다고 타미는 생각했다. 루이스가 좋아하는 신라면을 가득 넣고, 새우깡도 넣고. 초콜릿도, 그리고 또 뭘 보낼까.

11

마르틴. 마르틴을 만들어낸 것에 미루는 스스로 만족했다. 부에노스아이레스에서 타미가 루이스를 만났다고 했지만 그의 고향까지 갔는지 함께 어디를 돌아다녔는지 모른다. 바다가 보이는 곳에 머물렀다고 했으니 루이스가 살던 동네에 갔을 것이다. 이야기가 이어지려면 루이스를 기다려줄 사람이 필요했다. 그래서 미루는 루이스의 동생 마르틴을 이야기 속에 등장시켰다. 커다란 눈과 까무잡잡한 피부를 가진 아홉 살 소년. 마르틴이라는 이름을 짓자마자 마르틴의 모습이 눈앞에 펼쳐졌다. 마르틴을 한 번쯤 만난 것 같았다. 불을 끄고 누워 마르틴, 이라고 조용히 소리 내보았다. 그냥 소리만 냈는데 볼 가까이 따뜻한 입김이 느껴졌다. 설탕조림처럼 달달한 냄새도 맡아졌다. 글 속에 있던 마르틴이 다가와 볼에 살짝 입맞춤을 하고 밤 인사를 했다. 레그라와 마크의 해변에서 타미와 루이스가 달리고 마르틴이 그 뒤를 쫓아가고 있었다. 미루는 미소를 머금고 잠이 들었다.

12

그날 타미는 PC방으로 미루를 찾아왔다. 손님이 주문한 계란라면을 끓이고 있을 때 누군가 부르는 소리가 들렸고 돌아보니 타미가 서 있었다. 어쩐 일이야? 아, 잠깐만 기다려. 라면 불기 전에 갖다 주고. 단무지 몇 개를 담은 접시와 막 끓인 라면을 67번 PC에 앉은 손님에게 주고 다시 타미 얼굴을 마주했다.

오늘 야간이야?

응. 갑자기 야간 알바가 아파서 못 나오고 매니저님이 도와달라고 해서. 나는 타미 손을 끌고 주방 앞 의자로 데려갔다. 손끝이 차고 딱딱했다.

뭐 마실 것 좀 줄까?

유자차 같은 거 있어?

있지. 종이컵에 유자청을 평소보다 많이 넣고 뜨거운 물을 부었다. 그사이 라면 주문이 또 들어왔는지 매니저가 라면 끓이는 기계 앞에서 라면 봉지를 뜯고 있었다. 오늘 장사는? 종이컵을 두 손으로 감싸고 유자차를 마시기 시작하는 타미를 보고 물었다.

이거 하나 팔았어.

타미는 어깨에 사선으로 메고 있던 가방을 들어올렸다. 오늘도 상수동 골목? 며칠 동안 친구 몇 명과 상수동 골목에서 장사를 할 거라는 말이 생각나서 물었는데 타미는 이거 맛있다, 라고 답했다. 눈이 마주치자 희미하게 웃었다. 웃는 건 불안하다. 좋지 않은 소식은 웃으며 말하는 게 타미의 버릇이다. 더욱 수상한 건 열 달 동안 같이 살면서 내가 알바 하는 곳에 찾아온 것은 처음이었다. 오늘 무슨 일 있었어? 고개를 가로젓는다. 날이 추워서 길에 사람이 많지 않지? 미루는 계속 질문을 떠올렸고 둘 사이에 침묵이 흐를 만하면 타미에게 질문을 던졌다.

떠날 때가 됐나 봐.

타미는 종이컵을 기울여 남은 유자차를 마저 마셨다.

니가 어디서 일하는지 궁금했어. 매니저 얼굴도 좀 보고 싶고.

타미는 라면 끓이는 기계 앞에 서 있는 매니저 뒷모습을 힐끗했다. 새로 옮긴 PC방 매니저 얘길 타미에게 한 적이 있다. 잘생겼고, 재고 정리할 때 무거운 건 대신 들어주고, 일 끝나고 가끔 코인 노래방에 같이 간다는 정도였는데 타미는 내가 매니저에게 관심이 있는 줄 알았다. 연애세포 죽은 지 오래됐네요. 왜 그러셔? 그러면서 미루와 타미는 동시에 매니저의 뒷모습을 봤고, 킥킥거렸다. 내가 원하는 건 연애가 아니라 타미 네가 떠나지 않고 오래 같이 사는 거야, 라고 미루는 말하고 싶었다. 하지만 오글거려서 그런 말은 나오지 않았다. 연애도 오늘보다 내일이 좀 나을 거라는 가능성이 있어야 할 수 있는 거 아닌가. 연애세포가 다 죽었는지 심쿵할 일이 도무지 없다. 미루와 타미는 돌아오는 길에 코인 노래방에 들러 열 곡쯤 노래를 불렀다. 그게 둘의 마지막 밤이었다.

13

러시아에서 노르웨이로 넘어갈 때 겪었던 일은 나눠서 길게 써볼까. 무르만스크에서 키르케네스항까지 가는 차를 기다리며 꼬박 하루를 허비했던 타미는 그나마 낡은 러시아의 기차가 그리웠다고 했다. 러시아에서 노르웨이 키르케네스까지는 미니 버스를 타고 이동해야만 했다. 타미는 러시아 출국장에서 붙잡혔다. 여권을 유심히 보더니 여행 목적을 물었다. 짐을 풀어보게 했고 작은 주머니 속까지 확인했다. 쏟아져 나온 팔찌, 귀걸이, 목걸이를 들어 보이며 러시아에서 물건을 팔았는지 물었다. 옆에 서 있는 직원이 여행자는 장사를 하면 안 된다는 걸 알고 있느냐고 물었고, 다른 직원 한 명이 어딘가로 전화를 했다. 다른 일행들은 모두 버스로 돌아갔고 타미만 의자에 앉아 출국장 직원들의 조치를 기다릴 수밖에 없었다. 한 시간쯤 지났을 때, 직원 한 사람이 여권에 출국 스탬프를 찍어주었다. 미니 버스를 타고 산간도로를 달릴 때의 황량한 풍경을 잘 쓰려고 미루는 구글 검색어에 무르만스크를 넣고 이미지를 찾아봤다. 눈 덮인 작은 마을들, 눈 속에서도 푸르게 자라고 있는 낮은 나무, 여러 가지 이정표들.

키르케네스항에 도착하기까지 사흘 동안 타미는 하루 한 끼밖에 못 먹었고 지칠 대로 지쳐 있었다. 무르만스크에서 배낭을 도둑맞아 비상금으로 버틸 수밖에 없었다고. 노르웨이와 핀란드, 러시아의 국경이 만나는 키르케네스항에서 타미는 세상의 끝에 다다른 자기의 모습을 봤다고.

14

미루는 맨발에 슬리퍼를 끌고 놀이터 그네에 앉았다. 낡은 그네는 찢어지는 소리를 낸다. 룸메이트를 구해달라고 공인중개사 사무실에 연락했다. 같은 방을 쓰는 게 아니니까 룸메이트라는 말은 어울리지 않는가. 집을 공유할 사람, 건넌방을 쓸 사람, 말을 들어줄 수 있는 사람, 이야기를 재미있게 하는 사람, 어쩌다 마음을 나누는 사람. 미루는 그네가 삐걱거리는 소리에 맞춰 끝말잇기처럼 줄줄이 새로운 말을 만들어본다. 타미 같은 사람. 미루는 거기서 생각을 멈췄다. 쿠키.

갑자기 나타난 쿠키를 보고 미루는 큰 소리로 쿠키를 불렀다. 등의 줄무늬가 아니었다면 쿠키라고 생각을 못했을 것이다. 몸집도 커졌고 배도 불룩했다. 두 발을 앞으로 모으고 그네 바로 앞까지 다가와 앉았다. 그네에서 내려 손을 뻗어 천천히 쿠키에게 다가갔다. 쿠키, 그동안 어딨었어? 손끝으로 쿠키의 털을 살짝 만졌다. 널 좋아하던 타미는 떠났어. 등을 타고 내려가며 털을 쓸어내렸다. 기분이 이상했다. 살아 있는 짐승의 털을 만져보다니. 미루는 속으로 탄성을 질렀다. 쿠키는 얼마 동안 그대로 앉아 있다가 큰길 쪽으로 사라졌다. 미루에게는 타미의 뒷모습처럼 보였다.

15

자이푸르의 시타라. 그 도둑 원숭이를 타미는 어떻게 혼내주었을까. 미루는 타미가 끝내지 못한 얘기의 뒤가 궁금했다. 뭄바이에서 만난 낙타축제에 홀려 며칠 동안 헤맸던 것과 모스크바에서 길을 잃었던 일. 치앙마이 고산족 마을에서 뱀에 물린 이야기도 써야 한다. 이야기를 들으며 미루는 자기도 모르게 허벅지를 감쌌다. 타미가 자신을 문 뱀의 모습을 자세히 묘사할 때 미루는 진짜 뱀을 한 번도 본 적이 없다는 생각을 하고 있었다. 짙은 초록색 뱀이었다고? 이렇게 되묻자 타미는 뱀이 입을 벌릴 때 자기를 공격할 걸 알았지만 뱀 비늘을 유심히 관찰했다고 했다. 함께 목욕탕에 갔을 때 타미는 뱀에 물린 상처를 보여줬다. 왼쪽 허벅지 바깥쪽에 흉터가 있었다.

미루는 삐걱거리는 그네 소리를 들으며 핸드폰을 만지작거렸다. 다시 떠나야 네게 새로운 얘길 들려줄 수 있어서. 타미가 어느 날 그렇게 문자를 보낼 것만 같다. 사진 속 저 강이 옴강이야. 가장자리에 얼음이 언 거 보이지. 오늘은 옴스크에서 정교회를 찾아 돌아다녔어. 이렇게 말이다. 아니, 더 먼 곳 키에프, 오데사, 민스크, 바쿠, 트빌리시 같은 곳에서 소식을 전할지도 모른다.

눈발 몇 개가 떨어진다. 무르만스크, 거긴 겨울에 가면 좋

아. 상트페테르부르크에서 꼬박 하루가 걸려. 플랫폼에 첫발을 내디딜 때 눈이 푹신하게 밟혀. 열 걸음만 걸어도 추위에 온몸을 떨어야 하지만 첫발에서 그 열번째 걸음까지 가는 그 기분은 뭐라 표현할 수 없지. 옆에 있다면 타미는 이렇게 말했을까. 눈송이가 굵어질 때까지 미루는 삐걱거리는 그네에 앉아 있었다. 눈보라 치는 무르만스크역을 빠져나가 어느 쪽으로 가야 타미가 먹었다던 보르시 스프를 먹을 수 있을까. 오늘 밤엔 무르만스크에서 배낭을 잃어버린 얘기를 써야겠다고 생각하며 미루는 하늘을 올려다본다.

무르만스크 플랫폼을 급히 빠져나가는 타미의 뒷모습이 보이는 듯하다. 잰걸음으로 타미를 뒤쫓는 누군가가 보인다. 미루의 발끝이 시려온다.

슬픔과 애도의 변주곡

이소연(문학평론가)

기억과 망각의 공식

어떻게 슬픔을 이겨내고 주어진 생을 살아갈 수 있을까. 강진의 소설은 친숙하지만 절실한, 그러나 적절한 답변을 제시하는 일에 실패하는 과정을 그린다. 더욱이 역설적인 것은, 그의 글쓰기가 그러한 엇나감 덕분에 계속되고 있다는 심증이 든다는 사실이다. 그의 소설에는 실패를 통해 맺힌 감정들을 승화시켜가면서 다음 여정의 밑그림을 그리는 여유로운 시선이 숨어 있다. 강진의 두번째 소설집을 읽는 내내, 나를 사로잡았던 것은 그의 은근한 낙천주의가 본격적으로 '그루브'를 타기 시작했다는 반가운 예감이었다.

강진의 소설에는 대부분 동물들이 하나씩 살고 있다. 마치 신을 맞이하듯 등장인물들은 이 동물들을 기꺼이 환대하면서 자신의 삶 혹은 몸안에 들여놓는다. 이 동물들을 무심코 열거해보는 것만으로 독자는 긴 박물지의 목록을 얻게 된다. 소설집을 여는 첫 소설의 실험용 동물 래트를 비롯해, 한때 전 지구를 지배했으나 이제 화석만 남은 거대 동물 공룡, 이국의 거주민인 코끼리와 도둑 원숭이, 우리의 곁에서도 쉽게 찾아볼 수 있는 절지동물 거미, 누군가의 추억을 인상적인 빛깔로 물들인 농게, 반구대 암각화에 등장하는 귀신고래, 익숙한 길고양이까지. 이 동물들은 각 소설 속에서 인물들의 삶 혹은 기억 속에 들어앉아 이들이 감내하고 살아가야 하는 치명적인 공허를 메우는 역할을 한다. 마치 이 소설집 전체가 기억과 망각, 그리고 슬픔과 애도의 변증법을 육화한 커다란 동물원 같다고나 할까. 아니나 다를까. 이 소설들에는 반드시 사라진 사람이 있고, 그의 부재 때문에 슬퍼하는 사람이 있으며, 그들 사이에 치유되지 않는 상실의 계곡이 존재함을 알려주는 생물들이 등장한다. 이들은 이 돌이킬 수 없는 공허의 존재를 드러내기도 하고 감추기도 하는 대체물로서 작용한다. 따라서 강진의 소설을 읽고 그 안에 담긴 수수께끼들을 풀기 위해 독자는 이 동물들에 눈길을 주고 마음 한구석을 내어주어야만 한다.

「래트」는 한 치과대학의 실험실에서 만난 두 연인의 이야기로부터 시작된다. 애틋한 연애담의 외피를 갖고 있는 이 소설은 다른 편에서는 기억과 망각이라는 뇌과학의 난제를 갖고 독자에게 도전하고 있다. 이 소설의 주인공은 각종 동물들을 이용해 생체 실험을 하고, 그 결과를 제약회사에 보고하는 일을 하고 있다. 그는 그곳에서 보조 연구원으로 들어온 한 여성을 만나 사랑에 빠진다. 소설은 '34번'이라는 식별 번호가 부여된 '래트'가 실종되는 사건으로부터 시작된다.* 주인공을 비롯한 연구원들은 갑자기 사라진 34번 래트를 애타게 찾지만 결국 실패로 돌아가고 그 자리는 임시방편으로 조달한 가짜 래트로 채워진다. 사실 독자들이 잃어버린 34번 래트를 주인공의 연인과 동일시하는 일은 그다지 어려운 추리를 필요로 하지 않는다. 그녀는 매일 자신이 직접 보살펴온 개들을 실험 대상으로 보내야 하는 비참한 현실로부터 빠져나와 오로라가 보이는 극지방으로 떠나버린다. 주인공은 사라진 래트로부터 연인의 모습을 더듬는 한편 기억력을 상실한 채 세상을 뜬 할머니의 기억을 떠올린다. 그리고 소설은 차례로 연인의 엄마, 그리고 사라진 연인이 실험실에서 데려와 키운

* '래트'라는 이름을 처음 만난 독자라면, 구글링을 미룰 이유가 없을 것이다. 일반인에게 낯선 동물인 래트는 사실 실험실에서는 마우스 다음으로 가장 많이 이용되는 동물로서 다양한 의학, 생명학 분야 연구에서 이용된다고 한다.

비글견 폴 역시 래트의 모습 위에 포개놓는다.

이 소설은 사랑하는 대상의 상실과 이로 인해 겪는 우울증, 그리고 이를 치료하기 위해 거쳐야 할 애도 의식에 초점을 맞춘다. 살아 있던 것들은 언젠가는 기어이 우리의 곁을 떠날 운명이 아닌가. 강진의 소설은 상실과 상처, 그리고 이로 인해 겪는 슬픔을 정면으로 응시하게 만든다. 그렇다면 이러한 슬픔으로부터 벗어나기 위해 우리에게 필요한 것은 무엇일까? 「래트」는 그 열쇠가 다름 아닌 '망각'이라고 이야기한다.

> 네가 이 글을 읽으면 그따위 미신을 믿다니, 라고 웃을지도 모르겠구나. 오로라를 보니 육체와 영혼이 정화된 것 같아. 네가 믿는 과학에선 내 말이 설명되지 않겠지. 그래도 우리가 찾는 건 똑같다고 생각해. 믿거나 말거나. 살면서 한 번쯤 기억들을 다 씻어내는 의식 같은 게 필요하지 않을까. 기억과 기억에 묻은 감정들을 다 지워버리는. 그래야 뭐든 다시 시작할 수 있지 않을까.(32쪽)

이 소설에는 사라져버린 34번 래트에게 투약된 실험용 약물인 '아니소마이신'에 대해 길게 설명하는 장면이 등장한다. 그에 따르면 아니소마이신은 기억이 저장되는 과정에서 필수적인 단백질 합성을 방해하는 물질이라고 한다. 그리고 주인공은 34번 래트가 “아무것도 기억할 수 없어서 돌아오지 못하고 있는지도” 모른다고 짐작한다. 그는 “그런 게 다 파헤쳐지면 인간은 불안이나 공포 같은 감정에서 벗어날 수 있을까?”라고 묻는 연인에게 “대부분의 정신질환의 원인이 기억 때문이거든. 의식이나 마음도 뇌의 작용으로 보고 있으니까 가능할지도”라고 대답한다. “가령 어떤 사람과 관계된 기억을 지우려면 그 사람에 대해 생각하는 동안 단백질 합성을 차단시키면 돼. 약을 먹으면 되는 거지.” 이 대목은 강진의 소설이 갖고 있는 특이점이 빛을 발하는 장면이다. 작가는 슬픔, 상실, 애도와 같은 정신적이고도 심리적인 상태를 뇌과학이나 약품 같은 물질적인 상상력과 연결시키는 모험을 곳곳에서 감행한다. 우울증에 대한 해법으로 ‘아니소마이신’이란 화학적 처방을 내리는(비록 그것이 잠정적인 것으로 설정되어 있다고 하더라도) 장면은 영적·정신적인 차원에 비중을 두던 전통적인 상상력을 전복 또는 해체하는 것으로 해석할 가능성을 열어놓는다. 이뿐만이 아니다. 강진의 소설을 읽을 때 독자는 작가 특유의 과학적, 물질적 상상력이 개입하는 순간들을 놓쳐서는 안 된다. 이 계기를 통해 독자는 그의 상상 세계에 더욱 흥미롭게 몰입할 수 있다.

우울증/애도의 유물론적 상상력

「멸종의 기록」은 텔레마케터인 주인공이 현재의 고객이자 과거의 연인인 '당신'에게 건네는 목소리의 조각들로 이루어진 독특한 소설이다. 소설의 초입에서 주인공은 소설 전문이 두 사람이 전화로 나눈 통화 내용을 컴퓨터 파일 형태로 저장해둔 기록임을 밝히고 있다. 강진의 소설은 인간사에 복잡하게 얽히는 갈등을 촘촘히 묘파하는 한편 이를 구체적인 대체물에 투사하는 특징을 갖고 있다. 작가 특유의 개성적인 기법은 이 소설에서도 여지없이 활용된다. 소설 속에서 이미 이십여 년이라는 시간에 묻힌 아득한 과거사가 되어버린 두 사람의 인연은 멸종된 공룡화석을 맞추는 능숙한 고고학자의 퍼포먼스와 겹치며 차츰차츰 동일시되기에 이른다.

> 내 기억도 불완전하지만, 당신이 하려고 했던 멸종된 파충류 이야기를 덧붙여보려고 합니다. 어차피 세상의 이야기란 모두 불완전하고, 불완전하기에 우리는 보다 완전한 이야기를 만들어보려 하는 게 아닐까요? (……) 이십 년 전의 이야기를 맞추는 퍼즐놀이도 이렇게 어려운데 2억 5천만 년 전 사라진 파충류의 이야기야말로 당신이 내게 들려준 판타지가 아닐는지.(58~60쪽)

이 소설은 1805년 멸종된 공룡화석을 복원한 조르주 퀴비에의 행적을 따라가며 두 사람의 오래된 기억의 흔적을 좇고 이를 재구성하는 힘겨운 과정을 그려낸다. 지금은 사라져 버리고 겨우 흔적만 남아 있는 과거의 열정을 되살리는 일들은 이들에게 커다란 슬픔을 불러일으킬 수밖에 없다. 그 과정에서 조르주 퀴비에라는 실존인물과 프테로사우르스라는 공룡의 객관적 존재는 지극한 슬픔을 중화하고 우울증에 빠지지 않게 막아주는 완충장치의 역할을 한다. 강진의 소설은 이러한 과학적, 유물론적 상상력을 통해 고통스런 기억의 흔적들을 상기하는 동시에 복원해가는 과정이야말로 냉정한 생을 견디게끔 하는 애도의 신비임을 독자에게 설득하고 있다. 살아 있는 인간이 감내해야 할.

죽음에 이르는 파멸의 미학

「거미, 혹은 어떤……」은 아름답고도 신경질적인 두 연인이 등장하는 독특한 연애 이야기다. 등장인물 루이와 마리의 직업이 둘 다 헤어디자이너로 설정되어 있는 만큼, 소설은 전반적으로 아라베스크풍을 연상시키는 탐미적이고도 섬세한 메타포로 가득 차 있다. 따라서 이 두 사람 사이의 갈등과 욕망을 그로테스크한 동물인 거미가 연결시키고 있는 것도 자연스러워 보인다. 작가는 이야기 속 인물들이 다루는 오브제인 머리카락을 거미줄 뭉치와 연결시키면서 독특한 연상 작용을 불러일으킨다. 소설은 아예 주인공 루이의 몸속에 살고 있는 거미라는 환상적인 존재를 소설의 서술자로 내세운다. 이전에도 독특한 존재를 초점자 혹은 화자로 설정한 소설이 없었던 것은 아니지만 사람의 몸에 기생하는 벌레의 시점만큼 기이한 장치가 가능한지, 나는 이제까지 상상해본 적이 없다. 그러나 현실적으로 사람의 몸에 들어가 살 수 있는 거미는 존재하지 않으므로 이 소설의 내용은 아마도 판타지에 가까울 것이다. 그 판타지를 만들어낸 사람, 즉 꿈의 주인은 다름 아닌 숙주인 루이 자신이다. 다시 말해 거미는 자신의 몸속에 거미줄을 치는 벌레가 산다고 믿고 있는 주인공이 만들어낸 가상의 생물임이 틀림없다. 정신분석의 논리를 빌리면 두 사람의 목소리는 물론 기어이 목숨마저 앗아가는 거미의 정체는 '내 안에 살고 있는 나 이상의 존재'인 죽음충동이다. 이 충동은 왜 우리 몸에 들어가 어떻게 인간과 함께 살게 되었는지 알 수 없지만 분명히 '거기' 존재하면서 우리를 끊임없이 우울증으로 내모는 악마적인 힘이다.

나는 루이 말에 동의한다. 그들이 믿는 대로 규칙에 의해 세상이 돌아가고 우연으로 보이는 일들 뒤에 필연이 숨겨져 있다면 내가 어떻게 루이 몸속에 살게 됐는지 설명할 수 있어야 한다. 안타깝게도 아무도 그것을 설명하지 못했다. 아직도 루이 몸안에 내가 버젓이 살아 있음에도 불구하고 말이다.(103쪽)

소설은 곳곳에서 합리적인 설명과 인과관계를 거부하는 '우연'을 강조하고 있다. 다시 말해 거미, 즉 죽음충동이 마리와 루이의 몸속에 들어가 살게 된 계기에 대해 그저 '우연'일 뿐이라고 얼버무린다. 이는 왜 우리가 삶의 정점에서 스스로를 파멸시켜 죽음에 이르고 마는지, 그 신비로운 역설에 대해 다루는 소설적 설명일 터이다. 우리의 삶과 죽음을 지배하는 '답 없음'이라는 테마는 다른 단편 「농게」와 「귀신고래 찾아가는 밤」에서도 마찬가지로 반복되고 있다.

「농게」의 주인공은 어린 시절 초등학교 교사 일을 그만두고 집에 돌아와 아무런 이유 없이 스스로 바다에 몸을 던진 아버지에 대한 추억을 들려준다. 그의 기억 속에 석양에 붉게 물든 해안가의 풍경과 알 수 없는 이유로 해안가 마을로 거슬러 올라와 결국 타오르는 불길 속에서 죽음을 맞이하는 붉은 농게, 그리고 이를 등지고 걷는 아버지의 형상은 구별할 수 없이 한데 겹쳐져 있다. 그런 아버지의 모습은 이제 현실로 넘어와 예전 아버지만큼 나이를 먹고 고향으로 돌아온 주인공의 모습과 동일시된다. 그리고 또한 기이한 것은, 그 역시 아무런 이유 없이 슬픈 추억의 저장소인 시골의 고향 집으로 돌아가려는 알 수 없는 충동에 휩싸여 있다는 사실이다.

> 바다를 향해 걷고 있었다. 나도 모르게 발길은 바다를 향하고 있었다. 기억 속의 아버지처럼 나는 일부러 어깨를 꾸부정하게 한 채 물길을 따라 걸었다. 아직 아버지의 발자국이 새겨져 있기라도 한 듯 또박또박 간격을 맞춰 걸었다. 아마 그 길은 언젠가 아버지가 걸었던 길이었을지도 모른다. (……) 나는 내가 붉은 농게라도 된 것처럼 물길 가까이 내려가보기도 했다.(173쪽)

강진의 소설은 삶과 죽음의 신비에 대한 강력한 의문을 제기하지만 시원한 답변을 제시해주는 것과는 거리가 멀다. 그 대신, 작가는 우리가 살고 있는 세계를 지배하는 기묘한 질서와 섭리의 힘을, 사무치도록 아름다운 심상을 통해 절묘하게 드러내는 마술을 발휘한다. 그의 소설을 통해 나는 예술이 해답을 제시하기 위해 애쓰는 과학이 아님을 다시 한 번 실감하게 된다. 그보다는 강진의 소설은 이러한 질문에 얽힌 신비로움을 '체험'하게 하고 그에 깃든 아름다움을 거듭 '살게' 하는 것에 가깝지 않을까. 이러한 추정은 「귀신고래 찾아가는 밤」에서 발견되는 또 다른 강력한 객관상관물에 의해 확신으로 가깝게 다가서게 된다.

「귀신고래 찾아가는 밤」을 지배하는 심상은 반구대 암각화에 그려진 거대 동물, 귀신고래다. 소설에 등장하는 두 연인은 환갑도 훌쩍 넘긴 나이의 노인으로 보인다. 주인공으로 하여금 암각화를 보러 여행을 가자고 제안하는 남성 창(昌)은 심지어 삼 개월 전 받은 뇌혈관 수술로 인해 성큼 다가온 죽음을 예감하는 인물이다. 주인공은 죽어가는 연인, 그리고 소설 말미에선 고인이 되어 떠나버린 그를 기억하며 그와 함께 보았던 귀신고래를 화폭에 그린다. 그는 연인의 생전 느낌을 살려내기 위해, 먹물을 아껴 써서 거친 느낌을 살려내는 "갈필" 기법을 고수한다. 그리고 "아무리 춥고 어두운 바다라도 서두르지 않고 유유히 헤엄쳐 갈 귀신고래 한 마리"를 재현하는 데 성공한다. 강진의 작품 세계에서 이 단편은 예술을 통해 상실의 슬픔을 애도하는 과정을 그려내는 일련의 '예술가' 소설로 나아가는 단초를 마련한다는 점에서 중요한 의미를 지닌다.

슬픔의 협곡을 넘어 글쓰기로

「당신이 하티를 만난다면」과 「다시 하티를 찾아서」는 제목을 통해서도 짐작할 수 있듯 하나의 이야기로 연결될 수 있는 연작소설이다. 이 단편들은 주인공이 이 년 전 행방불명이 된 동생을 찾아 세계를 떠돌면서 겪는 낭만적인 이야기들을 담고 있다. '하티'는 이 소설들 속에서 여러 가지 중의적 의미를 담고 있는데, 그의 동생의 이름인 동시에 그를 찾아다니는 '나'가 여행지에서 사용하는 별명으로 사용되기도 한다(한편 동생은 랭, 혹은 경석이라는 본명을 갖고 있다). 또한 화자는 '하티'가 네팔어로 '코끼리'를 뜻하는 단어라고 설명함으로써, 두 소설 속에서 세 가지 의미를 번갈아 넘나드는, 혹은 동시에 점유하는 다채로운 상징으로 활용하고 있다. 「당신이 하티를 만난다면」에서 주인공은 소금 장사를 하려다 사기를 당한 후에 종적을 감춘 동생을 찾게 된 계기가 아버지의 죽음 때문이라고 소개한다. 자신을 붙잡아두었던 하나의 밧줄이 끊어진 다음, 주인공은 표류하기 시작한다. 그러나 이 소설 속 인물들의 모습이 슬픔에 젖어 있다기보다 묘한 활기와 흥분에 차 있는 이유는, 그들이 결핍을 메우기 위해 다른 대상을 찾는 여정을 기꺼이 받아들이고 있기 때문이다. 처음 동생이 사라진 네팔을 떠돌던 주인공은, 후편 격인 「다시 하티를 찾아서」에서는 베트남으로 무대를 옮긴다. 그때마다 그의 여행길을 인도하는 조력자의 모습과 역할도 바뀐다. 네팔에서는 와타나베라는 정체를 알 수 없는 일본인과 동행했던 주인공은, 베트남에서 여행객들을 오토바이로 실어다주는 현지인 '이지라이더' 쑤언과 함께한다. 그리고 이 두 여행길의 공통점은 주인공의 시도가 모두 제대로 목적지에 도달하지도 못한 채, 실패한다는 점이다.

그러나 이 두 소설을 감싸는 정조는 상실과 슬픔에 머물러 있지 않다. 오히려 난데없는 느긋함과 유머로 넘쳐난다. 주인공은 소설의 말미에 동생의 소식을 알면 자신에게 알려달라고 메일 주소를 남기기도 하고, 많은 가이드 수입을 노린 안내자에게 휘둘려 겪지 않아도 되었을 곤경을 유쾌한 추억의 한 대목으로 돌린다. 그가 이런 낙천성과 따뜻함을 잃지 않는 비결은, 다름 아닌 망각이다. 그는 적당한 선에서 포기할 줄 알고, 즐길 만한 순간이 되면 자신의 곤란한 신세를 떠올리지 않고 흘러 다닐 줄 아는, 한국 소설에서 보기 드문 독특한 유형의 인물이다. 강진의 이전 소설에서 희미하게 예견되었던 낙천성과 여유는, 이 두 소설에서 삶에 밀착된 장면들로 생생하게 되살아난다.

「타미와 미루」는 작가의 이런 특유의 낙관주의가 본격적으로 드러나는 작품이다. 자신이 한때나마 마음을 주었던 룸메이트 타미가 떠나간 후, 주인공 미루는 상실감을 겪는다. 그러나 이 작품은 타미의 부재와 그에 따른 아픔을 선명하게 전경화하는 대신 이들이 보살피던 길고양이 쿠키의 모습이 사라진 것으로 대신한다. 가진 것이 없어도 온 세계를 자신의 마당처럼 떠도는 타미와는 달리 미루는 자기가 자란 동네와 돌아가신 어머니의 기억으로부터 좀처럼 벗어나지 못하고 붙박이처럼 머물러 있는 사람이다. 미루의 기억 속에 살고 있는 타미는 머리카락을 밝은 오렌지 빛깔로 물들이기도 하고 여기저기 여행지에서 머리카락을 잘라버리고 오는 등 자유로운 기행을 아무렇지도 않게 하고 다니는 인물이다. 미루는 자신의 곁에 없는 타미의 부재를 견디기 위해 글쓰기를 시작한다. 타미가 자신에게 해준 이야기들을 따라가며 조각조각 글을 이어가던 미루는 마침내 환상의 나래를 펼쳐 타미의 삶을 '상상하기' 시작한다. 이 소설의 미루는 어떤 점에서 작가의 분신이라고 할 수 있을지 모른다. 작가는 한 평 방 안에 갇혀서도 우주를 꿈꿀 수 있는 사람이 아닌가. 소설은 미루라는 소심하고 다정한 사람이 타미라는 뮤즈와의 만남과 헤어짐을 통해 글 쓰는 사람으로 거듭나는 과정을 잔잔하게 따라간다. 어쩌면 작가는 살아가면서 상실을 겪을 수밖에 없는 우리의 보편적인 상황과, 어떻게든 이를 극복하면서 견뎌나가야 한다는 윤리적인 명제를 한 편의 이야기를 통해 들려주려 했는지도 모른다. 이 과정을 통해 작가는 우리의 삶과 죽음, 우울증과 애도, 그리고 마침내 글쓰기로 나아가는 과정이 크게 다르지 않다는 생각에 자연스럽게 젖어들게 한다.

우리가 삶을 뒤흔드는 비참과 상실에 대해 선불리 말할 수 없는 이유는, 그것들을 해결할 수 있는 방책이나 비책을 제시하는 일이 힘겹기 때문인지도 모르겠다. 직면하기보다는 우회하고, 외면하거나 스스로를 속이고, 환상으로 재빨리 도망가는 건 그런 치명적인 감정에 맞닥뜨리기를 두려워하기 때문이다. 그러나 그 실패를 정직하게 인정하고 난 후 망각, 애도, 승화 같은 방법을 때맞춰 이용할 수 있다면 삶과 죽음의 맨 얼굴을 직시하는 일도 그리 어렵지 않을지도 모른다. 그때마다 소설 속의 인물들은 컴퓨터를 켜서 소설을 쓰고, 갈필을 만들어 그림을 그리며, 다른 동네, 다른 나라, 다른 지역에 가서 새 친구들을 사귄다. 어쩌면 외로운 동물이 벗이 되어줄 수도 있을 것이다. 그가 그려낸 삶은 물들인 머리처럼 알록달록하고 상징과 동일시를 동원해 불러들인 이미지처럼 화사하다. 나는 안다. 작가가 제시하는 망각의 약이 쓰면서 달콤한 것은, 망각에 머물지 않고 그것에 대해 끈질기기 '썼기' 때문임을.

작가의 말

왼쪽 발 복숭아뼈 근처에 동전만 한 흉터가 있다.

여섯 살 때 자전거 뒷바퀴에 하얀 뼈가 보일 만큼 살이 까져서 생긴 흉터다.

아빠의 자전거는 긴 내리막길을 내려가고 있었다. 나는 아빠의 등에 기댄 채 점퍼 자락을 붙잡고 뒷자리에 앉아 있었다. 어쩌다 복숭아뼈가 뒷바퀴에 닿았는지, 왜 자전거를 즉시 멈출 수 없었는지 모르겠다. 이미 내리막길에 접어들어서 자전거를 멈추는 게 쉽지 않았을 것이다. 가속도가 붙은 자전거 브레이크를 잡는 것이 더 위험했을 수도 있다. 급브레이크에 자전거가 뒤집히기라도 하면 자칫 더 큰 사고로 이어질 수 있으니까. 아무튼 쉼 없이 돌아가는 뒷바퀴에 여린 살이 갉히고 있었지만 그 순간엔 아무런 방법이 없었던 것만은 확실하다. 자전거를 멈춘 건 작은 가게 앞이었고, 과자 봉지 하나에 나는 울음을 그쳤다.

상처가 다 나을 때까지 불편했다. 밖에 나가서 놀지 못한 건 당연했고, 거즈 때문에 신발을 제대로 신을 수 없었다. 씻지 못해서 까마귀발처럼 거무튀튀하게 변했고 각질이 벗겨졌다. 상처는 꽤 깊어서 살이 차오르기까지 오래 걸렸다. 새살이 차오르고 붉은 흉터가 되고, 붉은 흉터가 피부색으로 돌아오기까지는 더 긴 시간이 필요했다.

키가 크면서 흉터는 점점 종아리 쪽으로 올라와 지금은 복숭아뼈에서 2센티미터쯤 위쪽에 남아 있다. 발을 씻다가 가끔 흉터를 보게 된다. 자전거 바퀴살에 다친 끔찍한 기억보다 따뜻했던 아빠의 등과 나프탈렌 냄새가 먼저 생각난다. 나프탈렌 냄새가 아직도 선명한 걸 보면 아빠의 점퍼에서 나는 냄새에 몰두해 있었나 보다. 바퀴살에 살이 깎이는 몇 분 동안 복숭아뼈 근처가 뻐근히 아팠을 텐데 통증의 기억은 말끔히 지워져버렸다.

흉터가 아픔이 아니라 아련한 그리움이 될 수 있다니…… 안심이다.

여기 실린 소설을 쓰는 동안 나는 뭔가를 계속 찾아다녔다.

래트, 하티, 폴, 타미, 미루, 랭, 귀신고래, 창, 루이…… 이런 이름들을 부르며 헤매고 다녔다. 그냥 '너'라고 불러도 될 텐데 굳이 이름을 지어 불렀다. 새살이 채 차오르지 않아 이따금 아프고 불편한 '너'도 언젠가는 복숭아뼈 흉터처럼 되겠지. 아픔보다 그리움만 고스란히 남는 흉터가 되리라 믿는다.

그러니 아직 아물지 않은 모든 상처들도 안심이다.

2018년 가을

강 진

수록 작품 발표 지면

래트 _『현대문학』 2015년 8월호

멸종의 기록 _『현대문학』 2013년 8월호

당신이 하티를 만난다면 _『문학나무』 2013년 겨울호

거미, 혹은 어떤…… _『현대문학』 2011년 12월호

다시 하티를 찾아서 _『학산문학』 2015년 겨울호

농게 _『내일을여는작가』 2017년 상반기

귀신고래 찾아가는 밤 _『소설문학』 2015년 봄호

타미와 미루 _『문학무크소설』 2017년 하반기

하티를 만난다면

1판 1쇄 발행 | 2018년 11월 22일

지은이 | 강진
펴낸이 | 정홍수
편집 | 김현숙 이진선
펴낸곳 | (주)도서출판 강
출판등록 | 2000년 8월 9일(제2000-185호)

주소 | 서울시 마포구 동교로 17안길 21(우 04002)
전화 | 02-325-9566
팩시밀리 | 02-325-8486
전자우편 | gangpub@hanmail.net

값 14,000원
ISBN 978-89-8218-234-1 03810

이 도서의 국립중앙도서관 출판예정도서목록(CIP)은 서지정보유통지원시스템 홈페이지(http://seoji.nl.go.kr)와 국가자료공동목록시스템(http://www.nl.go.kr/kolisnet)에서 이용하실 수 있습니다.(CIP제어번호: CIP2018035866)

* 이 책은 2016년 서울문화재단 지원사업의 지원을 받아 발간되었습니다.
* 잘못 만들어진 책은 구입처에서 교환해드립니다.